昆山 著

白馬山傳奇

中国文史出版社

图书在版编目（CIP）数据

白马山传奇 / 昆山著 . -- 北京：中国文史出版社，2021.7

ISBN 978-7-5205-3678-3

Ⅰ . ①白… Ⅱ . ①昆… Ⅲ . ①章回小说－中国－当代 Ⅳ . ① I247.4

中国版本图书馆 CIP 数据核字 (2022) 第 168307 号

责任编辑：方云虎

出版发行：中国文史出版社

社　　址：北京市海淀区西八里庄路 69 号院　　邮编：100142

电　　话：010-81136606　81136602　81136603（发行部）

传　　真：010-81136655

印　　装：廊坊市海涛印刷有限公司

经　　销：全国新华书店

开　　本：16 开

印　　张：9.25

字　　数：90 千字

版　　次：2022 年 10 月北京第 1 版

印　　次：2022 年 10 月第 1 次印刷

定　　价：38.00 元

序　一

曾毓群

　　击水天湖观白马，浪花溅热飞舟。人间逐鹿几千
秋。江山依旧在，英杰问谁留？

　　渔樵爱说荣枯事，古今数尽风流！凤凰振翅显无
俦。五洲凭闯荡，四海任遨游。

　　一首《临江仙》，道尽了白马山的今昔，道出了对古代豪
杰们的无奈感叹，也道出了当代英雄儿女们的无比豪情！

　　自古以来，闽东山川灵秀，出现了不少英雄人物。宁
德民间流传着"一龟二凤三白马"说法："龟"指龟山，
"凤"指凤凰山，"白马"即白马山，除龟山外，凤凰、
白马两山都在我的家乡飞鸾镇。

　　《白马山传奇》出自年逾90岁的长者昆山之手。60
年前，年轻的他在白马山待了3年，和油茶场工人和当地
村民打成一片，听到许多关于白马山的历史奇闻和美丽传
说。现在，他凭着惊人的记忆力，以这些故事为背景，创
作了《白马山传奇》。

　　书中所述故事跌宕起伏，曲折离奇，扣人心弦。有行
侠仗义的英雄豪杰，有称霸一方的恶霸地主，有欺压百姓

的流氓地痞，还有"神仙"和"妖魔鬼怪"……

作者撰写本书的主旨，不仅是为了记录这一民间文化，更主要的是为了弘扬中华民族优秀传统道德。中国古代儒家讲究"孝、悌、忠、信、礼、义、廉、耻"，近代孙中山先生倡导"忠、孝、仁爱、信、义、和平"，本书中正面人物都具有忠勇、仁爱、正义、清廉的优秀品质，他们疾恶如仇，除暴安良，锄强扶弱，一身正气。相信这样的故事很容易在基层群众中生根立足，不仅能获得老一代人的青睐，也能获得当今年轻人的赞赏。

建议当代的青年人适当读一些古典文化作品。这本书立意高尚、通俗易懂，值得大家读一读。

2022 年 6 月 25 日

（曾毓群，1968 年生，上海交通大学毕业，现为全国政协委员，宁德时代新能源公司董事长）

序 二

黄世霖

　　东海仙山白马，白云深处人家。千年轶事话桑麻，
管教狂夫自吓。

　　正义英雄行侠，刁蛮地霸沉沙。人间正气展霄霞，
传乐茅楼高厦。

　　一首《西江月》点出了《白马山传奇》全书要旨。

　　昆山先生 2022 年 90 岁高龄了，还在写书。60 年前，
他在白马山油茶场与广大工人共同生活，听到各种传说，
现在他以这些传说故事为基础，以古典章回小说形式创作
了这本书。

　　60 年前，宁德县在白马山的沃里村开办了一个油茶
场，最多的时候有 200 多个工人。他们都是由附近飞鸾、
三都两个区（公社）调来的农民，熟悉白马山历史。他们
在日常劳动生产和茶余饭后的闲谈中，都会闲扯许多传说
故事。昆山老先生早就想把这些内容编辑成书。2021 年他
到白马山访问，发现原来的 200 多人大部分已不在人世，
留下来的人不是耳聋眼瞎，就是腿软足残，大多躺在床上
不能动弹了。他觉得必须在自己还有一点能力的时候，把

这些内容追叙记录下来，留给后代。

这本书中叙述的人物，个个栩栩如生，写得有血有肉，其中有行侠仗义、锄强扶弱的侠士李从龙、山风、杨树梅等，有为富不仁、称霸一方、欺压百姓的恶霸王纵风、张巫来等，还有欺行霸市的地痞流氓和赌棍如刁三、猴七、猴九、独眼龙等，神仙精怪中有积德行善、乐于助人的青云大师、龟仙，也有无恶不作、残害生灵的袁大圣、蛇精等……故事情节跌宕起伏、曲折离奇，读来令人恍若身临其境……

书中还有一位"不做一朝天子，宁领万代香烟"的黄姓伟人黄岳，被历代帝王追奉为"忠烈侯王"，至今祀庙遍及闽东及邻县，达 115 处之多。

全书 12 回中，作者还根据情节发展赋诗 70 多首。这些诗词无一不借古喻今，宣扬忠孝仁爱、信义和平、礼智勇廉等美德。

坚信这本书不仅将受到老年同志欢迎，年轻人读一读也将受益多多。

祝愿昆山先生健康长寿，为后代人多多留下宝贵著作！

2022 年 6 月 26 日

（黄世霖，1968 年生，合肥工业大学毕业，宁德时代新能源公司副董事长）

序 三

吴映明

　　自幼慈心侠骨，长成冷面痴情。常踏风霜雷电过，
每伴魔魑虎豹行。险遭大火烹！

　　不屑华堂卖笑，不为无病呻声。疾愤丛林强弱食，
常把村坊喜怒鸣。奈何白发生。

　　这是家君退休后写的一首《破阵子》。

　　家君自幼爱读侠义小说，在他的幼年时代，外敌入侵，
政治腐败，国家垂危，民不聊生，社会上以强欺弱、仗势
欺人的不平事，常有发生；人民群众哭诉无门，于是便把
满怀希望寄托在行侠仗义的英雄豪杰身上，期望他们能够
惩治豪强，主持公道。那时武侠小说盛行，《七侠五义》《小
五义》《七剑十三侠》《荒江女侠》等作品大受民众欢迎。
家君亦深受影响。武侠小说在他脑海中扎下了根。

　　在 20 世纪 60 年代初，为发展木本油料，宁德县在白
马山的沃里村开办了一个油茶场。最旺盛时候，有 200 多
个工人。这些人大多都是由附近飞鸾、三都两个区调来的
农民。他们熟悉白马山历史，在日常生产生活中讲述的许
多白马山传说，都被家君牢牢记住了。2021 年当他再到白

马山访问时，发现原来的人大多已不在人世，留下来的多数躺在床上不能动弹。家君感到必须在自己还有一点力气的时候，把这些内容追叙下来，留给后代。

家君2022年已进入90岁高龄，可还是朝朝夜夜在写书。兄弟姐妹们都反对他这样做，认为人这把年纪了，应该退归南窗，颐养天年；日夜忙碌，必然损害健康。可他却不是这样想的。他认为人的生命在于运动，人只有在不间断的运动中，才能永葆青春；脑子也一样，只有不停地用它，才不会退化。年轻人劝说无效，只好由他自己。

他还以亲身感受来说事。60年前，他上白马山时，一度疾病缠身，骨瘦如柴。去了以后不久，双腿浮肿。当时的油茶场长范学胜同志深为他担心，曾几度到县里有关部门反映，要求将他调回单位。可他却坚持留在那里，每天8小时和工人们一起劳动。过了半年，胃痛好了，浮肿消退了，人也慢慢胖起来，最后到医院复查时，原来的肺结核全部硬结了。这期间，他从未吃过一粒药片。他说是白马山的山川灵气和劳动医好了他的病，给了他第二次生命，所以他必须把白马山历史传说记录下来，传给后代。

这本书从2021年年底开始准备，2022年年初动笔，7万余字，历时180多天完稿，其中还配了70多首诗词，实属不易。

2022年6月27日

（吴映明，1967年生，东北大学毕业，江苏时代新能源公司总经理）

目　录

引子　海变陆　九龙失领地
　　　龙化马　东海长仙山

诗曰：

东京沉落福闽浮，山海更迁痕迹留。

叹九龙王无领地，虾兵蟹将被人收。

　　闽东一带民间有"沉东京，浮福建"的传说。东京指
的是日本，说日本沉下去，福建浮出来。人们常以为这种
说法荒诞不经，是封建迷信。还有人认为是从倭寇时代
起，福建沿海人民饱受倭寇摧残而发出的诅咒。其实它有
一定科学依据。根据科学家们研究，我们现住的地球，几
百亿年前原是一团火球，后来火焰熄灭，地壳外面部分逐
渐冷却，先变成液体，再凝变成固体，外面形成地壳，诞
生了天地万物；而中心部分至今仍旧是液体。地球直径约
1.28 万公里，而地壳部分平均厚度只有 17 公里，因内部
是流动的，外壳形成板块，各板块之间，互相碰撞，浮浮
沉沉，山变海、海变山是常发生的事，几十亿年来，变更
不断。比如说喜马拉雅山，原来就是喜马拉雅海，因板块
碰撞逐渐上浮，现在形成世界最高的山峰。1958 年群众找

矿时，宁德霍童一带山上就发现一层海蛎壳层，这说明那里过去就是海。

民间传说，闽东这一带原先的海是东海龙王管辖的领地。他一家共有九条龙。一次地壳运动中，日本东京列岛下沉了一大片，而这里则浮上来形成了陆地，东海龙王因此失去领地，被玉皇大帝召回天庭任职；但他们仍眷恋着这一带祖祖辈辈居住的美丽家园。有一天，太上老君奉旨下凡巡视，他一家人便跟着下来，随同看看往日家园。当他们游兴正酣时，忽然天钟轰鸣，玉皇大帝紧急召集老君回宫，大家都跟着老君回天宫了，唯有九龙王的小儿子小白龙，因贪玩，眷恋山光水景而脱离了队伍，大家都走了他不知道，等他发觉时，南天门轰然关闭，他被留在天外回不去了。

从此这小龙就留在人间，它呆呆地盘坐在南山地上，年深日久，终于化成一匹白马。从此人间就有了白马山。有诗曰：

> 天钟突响帝门关，流落人间家莫还。
> 坐地愁肠千百结，小龙化马变仙山。

白马这片山头，翘首东向，每逢冬春雨时，山中云雾缭绕，远远望去，山头隐隐浮出白龙真身，随着云雾迎风飘舞。本世纪初，有人填词《兰陵王白马山眺望》叙述了白马山形象：

浮云聚，白马凌空迈步。东冲口，波浪滔滔，想是天锅在烧煮。丛山若剑铸，无数，龙盘虎踞。伸南角，岭下鉴江，风雪当年走狐兔……

第一回　避世乱　哲人修深谷
　　　　射猛虎　隐士收贤徒

诗曰：

　　残唐五代乱纷纷，魑魅当权人断魂。
　　贤哲无心来治国，深山幽谷度芳春。

　　大唐曾是中国历史上最兴旺的王朝，历经627年，然而也是刀光剑影、骨肉相残不断的朝代。先是李世民诛兄杀弟，搞了玄武门政变。他执掌大权后，开始有名的"贞观之治"。延续了23年，途经武则天称帝，李显、李旦几度易手，到李隆基，又出现姑侄之争。侄儿先机夺权，杀了伯母，迫死姑姑，上位开建"开元盛世"，延续了开元、天宝共43年的兴旺时期。由于李隆基后20年沉迷酒色，大唐由盛转衰，发生"安史之乱"。此后，一蹶不振，各地诸侯割据，大权旁落，又勉强维持了100多年，传了十几个皇帝，到唐哀帝时（907年）被权臣朱温篡夺，从此进入五代十国大混乱时期，中原百姓民不聊生……

　　话说河南信阳固始县附近有个村，叫桃花村，其中有个李姓人家，祖上原是官宦人家，后来家道中落。李家有个三代单传独生子名叫李政，自幼学文修武，因得异人指点，精通文韬武略，十八般武艺样样皆通，尤其臂力过人，一手能把几百斤的铜鼎、石狮子举到头上轻松旋转，远近闻名。乾符二年（875 年），黄巢跟随王仙芝造反，广明元年（880 年）攻入长安自称大齐皇帝，后被沙陀李克用打败。黄巢部将朱温降唐，逐渐获得唐朝重用，并于天祐四年（907 年）废唐哀帝，建立后梁王朝。

此后政局更加混乱，朱温登帝仅仅五年，就被其子朱友珪所杀，朱友珪上台不久又被其弟朱友贞所杀，朝廷换人像走马灯……

此时身怀经天纬地之才、绝世之术的李政，看到如此混乱局面，无意功名，尽管齐、唐、梁几个朝代都曾派人邀请他出山，并授以高官厚禄，他坚辞不授。为避免骚扰，便跑到远离数千里外的太乙山（终南山）居住，从此隐姓埋名，自号天易子，居入深崖幽谷，在那里静心修炼了 20 多年。

后人有诗曰：

剑影刀光碧血封，沿灯走马尽黑熊。
英雄愤世藏幽谷，不问城头黑与红。

一天，天易子云游，路过一处叫虎啸崖的山腰，猛听附近樵夫大叫"老虎来啊——"，只见两头花斑黑毛的猛虎冲向羊群。那一群羊大约 40 只，四散逃命，一连被老虎咬死四五只，其中一虎追逐一小羊羔，对着天易子迎面冲来，牧童已不知逃往何处。天易子随即取下弓箭照着咆哮而来的雌虎，一箭射中其额门。那虎大吼一声，抬起头来，天易子再补一箭，正中其咽喉，只见该虎哀号一声，滚了几滚，躺下不动了。这时，另一头雄虎见同伴被射中，大吼一声，朝着天易子张开血盆大口狂奔猛扑过来，天易子不慌不忙，往旁一闪，老虎扑个空，他随即从囊中取出双剑，朝着恶虎，一阵猛刺。只见那大虫碧血横飞，在地上打了几个滚，滚下深崖去了。后人有诗曰：

　　临危出手救羊羔，隐士真功绝世高。
　　箭剑寒光交集里，雌雄两虎命难逃。

　　杀了两虎，天易子登上山头，却见一个羊倌在那里哭哭啼啼，向一棵树上挂腰带，显然欲自尽。他上前大叫一声："小兄弟，你想干什么，别寻短见，那两头大虫都杀死了，你赶快去把羊群找回来……"那羊倌转过身来，问明情况，转悲为喜，便朝天易子倒头一拜："感谢师父救命之恩。"接着同天易子叙述了他的身世。原来那童子姓李名从龙，是附近李家村人，当年 13 岁，其父母祖上原是洛阳人氏、名门之后，黄巢攻破洛阳时，他一家跟随逃难人群到河南府一个县城居住，依靠父亲卖字、母亲做针线度日。后因当地一个恶霸，贪恋其母美色，不时前来搔扰，迫得他无法居住，便搬迁到李家村，依着同姓族亲关系，受到一定照顾勉强生活下来。

　　这年因遇瘟疫，父母突发疾病双双病死，他无力下葬，便以卖身为奴的方式向同村一财主李大财家借了 20 两银，草草埋葬父母，并签下契约答应为李大财放牧这群 40 多只羊；相约等羊群发展到 80 只时让他赎身回去。如今被老虎一冲，群羊死了一片，其余四散逃命难以找回；回去与东家无法交代，他这一辈子的奴隶命运恐怕也度不完了，所以才自寻短见。

这个孩子虽然贫苦出身，但长得眉清目秀，一表人才，心地善良，思路敏捷，天易子觉得是一个可塑人才。他想到自己在太乙山修炼 20 多载，至今孤身一人，虽有经天纬地之才、拔山之力，无奈年事已高，后继无人，便动了收徒之念。他当下征询他的意见，从龙当即跪地叩头，表示愿意跟随师父终身。天易子扶他起来，整理一下行装，二人便动身前往太乙山去了。

这边李大财闻说羊群遇虎，带了十多个家奴赶上山来。他们把失散羊群一一找回，却不见小羊倌，以为他已死于虎口。小羊倌又是无爹无娘的外地人，不会有人来查究，此事也就罢休了。

李从龙跟着师父晓行夜宿数日，到达太乙山。这里虽然是深山幽谷，人迹罕至，可是风景十分优美。窑洞坐北朝南，窗明几净，屋内宽阔。橱窗陈列着诸子百家，经书诗史，样样俱全；内室里十八般武器，刀枪剑戟，斧盾铜鞭，样样具备；门外不远处，是一片良田果园，种植稻粱麦谷、果蔬豆薯。真是十分难得的人间仙境。

李从龙在家的时候，自幼跟着父母勤读经史。由于聪敏过人，过目不忘，虽然只有 13 岁，早已经纶满腹，见多识广。到了天易子门下，更是如鱼得水。他跟随师父过着勤耕苦读的生活，日间田园劳作，夜里张灯苦读，亦不时跟随师父练武习艺，游山打猎。但他们专打凶禽猛兽，不打鹿兔羔羊，有时遇到毒蛇巨蜥亦不放过，特别是见到正在捕食小动物的虎豹豺狼，必欲杀之而后快。

一天，两人在一个山上云游，看到一群豺狼正在围攻一头老牛。老牛背依一棵大树，抡起双角拼命抵抗，狼群无法靠近，奈何不得。这时忽见一只小豺狼跳到老牛背上，朝向他的尾部，打算掏肠破肚。李从龙立即射出一箭，把小豺狼射落地上；天易子也发一箭，射中为首的大狼，狼群一哄而散逃命去了。那老牛随即爬到两人面前，下跪伏地，两眼泪水汪汪，不断叩首，似乎在答谢他们救命之恩，许久才离去。诗曰：

> 师徒出手救危牛，箭发狼群两命休。
> 愤恨人间强食弱，平生疾恶恍如仇。

光阴似箭，日月如梭，李从龙在天易子处的耕读生活，恍惚间就过了7年，到了弱冠年华。李从龙已经长大成人。他经书饱读，武艺出众，臂力惊人，山头数百斤巨石他能只手高举，刀枪剑戟舞起来，只见白光阵阵不见人影。天易子见他武功精练不亚于自己，韬略权谋亦渐趋成熟，这一天便有意和他一起讨论历史人物，测试他的眼光见识。他俩讨论了两个朝代的事。

一是从龙对吴越春秋时期人人夸奖的"卧薪尝胆"不

屑一顾。他认为勾践是个口是心非的阴险小人。吴王夫差沉迷酒色，听信谗言，滥杀功臣，招致亡国杀身之祸，固然可恨，但像勾践这样的卑鄙小人，表面上以称臣甚至替夫差尝粪来表示忠心，骗取信任，实际上暗藏杀机。他以煮熟的种子来诓骗吴国，导致吴国农民颗粒无收，陷入饥荒，国家混乱，数万人饿死。勾践以这种手段取得战争胜利，实际是万劫不复、十恶不赦的罪行。

二是他认为韩信为汉立了大功，是决定楚汉相争胜负的关键人物。韩信对刘邦忠心耿耿，然而刘邦心胸狭窄，处处怀疑他。先是在垓下大战胜利后即剥夺他的齐王封号，改为楚王；后又借故削去楚王封号改为淮阴侯，完全剥夺他的兵权；最后假手吕后把他害死。一代英豪最后竟死在妇人之手。"飞鸟尽，良弓藏；狡兔死，走狗烹"，对于刘邦这样寡情薄义、心胸狭隘的小人，韩信早就该看透，而他却一味愚忠，总把汉王看为知己，有恩于己，不肯背负，不听蒯通之言，招致杀身之祸。良禽择木而栖，良臣择主而仕，英雄人物选择明主，首先要看清人物本质，切不可轻易盲从……天易子对从龙小小年纪即有这般成熟见识，极为欣慰，感到他将来一定是个定国安邦大才，自己未育错人。

一日两人游山时，天易子胸口突发疼痛，一度昏厥。李从龙急忙将师父背回窑洞，加以施救。经过三日三夜调理，天易子虽然清醒过来，但仍感觉昏昏沉沉，四肢无力，茶饭不思。这是10年前旧疾复发，如今年迈，不似当年，难以复原。天易子知道自己将不久于人世，便把李从龙叫到床前，对他说：

"我自幼修文习武，至今 50 多年。虽然学得贾谊之才，敬德之勇，指望能为国家效犬马之力，然而生不逢时，未遇明主，难于实施抱负。虽然'苟全性命于乱世，不求闻达于诸侯'，然而却辜负了一身绝世之术，只能带着终身遗恨去见阎君玉帝了。汝来此地 7 年，与我共同修炼，如今已经长大成人。汝聪慧好学，坚信汝的文武底蕴不亚我，只要遇到明主必然文可安邦，武能定国，不应似我这样虚度年华，在这深山幽谷了却终生。"

李从龙听闻师父一腔肺腑之言，双膝跪地，泪流满面，扶起师父说："小子蒙贤师拯救于水火之中，至今已 7 年余。小子与贤师情同父子，相依为命，恨时逢乱世，师父无法实现终生抱负，只望有日云开天晴，一同下山，为世效力，希望贤师切不可多想，静心修治，徒儿当尽心尽力，服侍左右，期望早日康复。"天易子摇摇头说："不可能了，我深知自己病入膏肓，天数已到，我已将自己所学全数授与贤徒，深信你比起我来还胜三分，我深深自慰，无所遗憾。不过你一定要不负时光，有所作为，不要再像我这样终老青山，遗恨幽谷。希望你尽快收拾行囊做好准备。我有个同乡友人王审知，40 年前已南下入闽，听说在那里经营不错，深得黎民拥护，想他必能成就一番事业。我这里修书一封，你到那里投奔他，坚信有你的辅佐他一定能有所成就。还有我的幼年女友岚静，当年随逃难者入闽，听说已入深山修行，你到那里必须去寻找一下她，告诉你我关系，坚信她也会把你作为亲密门人，会给你一定指点。我不在世了，你年轻识浅，要把她当作亲师娘一样看待，一切要听从她的教导，切不可独自妄为。我的病情，恐怕延不过三日，在我归天之后，将我埋葬在此山头聚仙谷里，我的所有行藏书籍、兵器，你能带的尽量带走，带不走的放入窑洞封藏，外面不留痕迹，将来有机会回来时，加以取用，或留给后世贤人……"李从龙听罢，泪如雨下，伏地不肯起来。天易子笑着说道："贤徒不必伤悲，人生自古谁无死，我这一死，有你这样的徒儿，继承遗志，也算一生无怨无悔，期望你能听我所说，到南方干出一番事业来，我在天之灵也能得到宽慰……"

这时突然天闪雷鸣，天易子平日所用双剑，虹光四射，窑洞里恍若白日。天易子忙叫取下双剑，亲手递给李从龙，说道："此剑与我相依相伴 30 多年，曾用它杀过多少自然界的毒蛇猛兽、虎豹豺狼，遗恨的是生不逢时，人间的虎豹豺狼一个都未曾动过。希望你接过它，君临天下，匡扶正气，为民除害，扫尽人间一切不平……"从龙听罢，悲伤至极，长长伏地不起。有诗曰：

> 少小躬耕入望台，天无云雨花难开。
> 鲲鹏未遂凌云志，空负一身绝世才。

未知天易子性命如何，且听下回分解。

第二回　寻明主　迷途逢剪径
　　　宿黑店　佯醉赚贼娘

诗曰：

> 剪径强梁犹可当，江湖黑店更难防。
> 投怀劝酒药蒙汗，多少英雄把命丧。

上回说到天易子向从龙交代后事，叫从龙取下双剑，对他说道："此剑叫'镇天剑'，自幼为异人所授，伴我40多年，未曾离过手，现交与你，望切实保护，决不可落于他人之手，给世人造成祸害……"从龙接过剑，只见寒光四射，锋利无比，顿觉实乃人间至宝，便下拜道："徒儿谨承师命，切实认真保存，望贤师放心……"

次日天易子便与世长辞。李从龙安置完师父后事，收拾行装，封了窑洞，独自出发。他晓行夜宿，向东南一连行了数月，进入越地。一日因迷路误拐到一处山岳。只见山势挺拔雄伟，林深树密，他沿路问了一个牧童，才知这山名唤豸寨山。正行间，忽见前方慌慌张张跑来十几个客商打扮的人士，他们面带愁容，唉声叹气地对从龙说："客官千万不要再前行了，那里有一股强盗，我们所有财物被劫掠一空，侥幸逃得命回……"从龙说："我且前去看看……"那些客商七嘴八舌地说："他们人多势众，而且个个都是彪形大汉，你一个白脸书生，怎是他们敌手？千万不要前往白白送命。"从龙不听劝阻，说："难道他们有三头六臂不成，我倒要看是什么样子的。"便挣脱众人拦阻，径直向前走去。

走了三四里，忽听锣声一响，冲出一队喽啰，大声喊着：

"此山是我开，此树是我栽。谁人从此过，留下买路财。倘若不听话，一刀一个土中埋……"

只见三个喽啰手提朴刀，冲上前来，大喊着："若要活命，留下买路财来……"

从龙一声冷笑，擎出双剑说："你们要财可以，先问问我这双剑，答应不答应。"只见双剑飞舞，寒光射处，三把朴刀一一落地。从龙随即飞起一脚，三个劫徒个个都被踹得东倒西歪，纷纷逃命去了。这时锣声响处，一个头戴鸡冠帽、身穿大红袍的绿林大汉，骑着高头大马冲上前来，大喊："何方小子，敢在此地放肆！"喽啰们大喊："二大王到。"那大王挺枪便刺，李从龙用双剑将其撩到一旁，几个回合，揪住机会紧紧抓住枪头，只一拽便把那大王拖下马来；他在地上滚了一滚，跌得满身是泥。李从龙冷笑道："就凭你这般功夫，也敢在此占山为王？"这时山上另一马赶来，是为首的大王。他一见李从龙，便跳下马，双膝跪地，低首朝拜；更招呼所有人一起下跪来拜，说道："徒儿们，有眼不识泰山，英雄今日有幸光临此地，多有得罪，望英雄高抬贵手给予宽恕。"接着他又说道："时逢乱世，我等本是良民，在此为寇实属无奈，今见英雄出手高超，而不伤我辈一草一命，实有旷世之功，盖世之德，他日必成为国家大器，我辈情愿跟着英雄左右创业以效犬马之劳。英雄既然到此，今日请上小寨一叙。"李从龙本不想去，只因众人苦苦哀求只好跟着他上了山。

上到山来，从龙一眼看到中央大厅竖起一面大黄旗，上写"代天行道"四个字，两旁一副对联，写的是：

欲成仁义先聚义
杀尽不平方太平

到厅上分主宾坐定，各自叙述身世大名。原来此山大王姓李名欣章，二大王姓陈名定国，两人祖上俱是固始人氏，其父辈曾跟随黄巢造反，黄巢失败后，队伍失散，他们父辈便在闽越这一带安居下来，娶亲生子繁衍后代。王审知入闽最兴旺时，他们正值青春年华，几次欲往投奔，皆因路上阻挡未去成，便暂时选择此山落草为寇，干起劫富济贫的行当，以待时日。谁知白马三郎王审知在统一闽地不久后便病死。此后其子王延翰接任。他们几个兄弟不和，各自拥兵自重，因此无法投奔。

人们对此类平民起义未来结果，多有所感。诗曰：

乱世英雄起四方，占山为寇各称王。
济贫劫富行忠义，每是馨油灯自亡。

李从龙听到这个消息，长叹一声。他俩忙问其故，李从龙便把认师学艺十余年，现师父仙逝，奉师命前来投奔王审知建功立业的事一一与他俩申叙。他俩听后，颇为惋惜。李欣章便对从龙说："兄长有经天纬地之才，一身绝世之术，若遇明主必有无限光明前程。只可惜如今天下大乱，各地割据者均为鼠狐之辈，目光短浅、心胸窄狭，实在不宜所仕。我建议兄长就在此处住下来，我与兄长又系乡里宗亲，今愿奉兄为王跟随左右，一朝遇到明主，一同前往投奔，未知兄长意下如何？"从龙略加思索，便回应道："两兄盛意，李某甚为感激。然这次来闽，我师还有一个重要事托未了。他幼年有个青梅竹马的相知名唤岚静，听说现在闽地修行，不知现况如何。他修书一封要我去找她。师命难违，我必须先找到她，完成所托。上山聚义的事再从长计议。"李、陈二人深感从龙以大义为重，无法强留，便不再言语。当晚全山举行大宴，欢度一宵，凌晨便在寨内鸣响礼炮隆重送行。

李欣章考虑到闽地百山千寺，从龙初到此地言语不通，寻找岚静师太犹如大海摸针，十分困难，便建议派个本地人协助一同寻找，获得从龙同意。

于是李欣章便选派了一个姓胡名奈的，给从龙当向导。待找到师太把信交接后一同回山。

第二天凌晨二人出发，从越地进入闽境，逐地逐山，有寺之处都前往访问。一连行走了 3 个多月，访问过 50 多个寺庵，却不见岚静踪影。

一日，二人路过一个叫黄柏峰山的地方。那里风光美丽，令人流连忘返。天色已晚，二人便找到附近一家山村旅店投宿，准备明早再行。

一进店门，一名唤黑长儿的店小二便热情招呼，把他们带至最后一个大间。二人刚住下来，却见女店主刘月儿来了。她把黑长儿唤到一边，窃窃私语一阵。刘月儿约莫30岁，颇有几分姿色，打扮入时，十分妖艳。她细细地打量客人。李从龙包裹沉重，她两眼直盯包裹不放。从龙顿觉此人不是善类，便也注意观察她的行动。她与黑长儿耳语一番，黑长儿便要客人换房间，搬到后面靠山边的两个小间里，说那里清净凉爽，正好二人各住一间。

安顿好后，由于劳累一天十分疲惫，胡奈建议喝酒。刘月儿叫黑长儿拿了一壶所谓的三年陈酿，放到桌上。从龙一看酒色混浊，上面似有悬浮物，十分疑惑；想起师父曾对他说过，江湖上常有以蒙汗药酒毒人之事，所述毒酒形状与此极其相似。这时刘月儿建议为壮士接风，叫来一个卖唱的女子。那女子约莫十八九岁，娇艳动人，说是给客人卖唱陪酒。从龙摇手拒绝，但胡奈进山寨多年未见过女人，十分欢喜，便对从龙说："且让她吟唱一曲，助助兴也行。"从龙只好同意，那女人拉响琵琶唱了一曲：

> 城头烽火不曾灭，疆场征战何时歇。
> 杀气朝朝冲塞门，胡风夜夜吹边月。
> 故乡隔兮音尘绝，哭无声兮气将咽。
> 一生辛苦缘离别，十拍悲深兮泪成血。
> ……

　　从龙一听，那女人唱的是蔡文姬的《胡笳十八拍》。曲调十分悲凉，她边唱边泪流满面。从龙感到十分奇怪，而胡奈不断喝彩，刘月儿则不断劝酒。从龙趁他们不注意，把杯中酒洒向窗外，实际全程并未沾过点滴。刘月儿则对胡奈不断劝酒并秋波暗送，把个胡奈弄得神魂颠倒。胡奈按捺不住，乘醉渐渐靠近她，突然一把将她抱住，亲了又亲。刘月儿假意推脱说："客官不要这样，被人看见不好。"李从龙一阵恶心，差点呕吐，但还是不露声色。酒席从傍晚一直延至月上三更，从龙假装酩酊大醉，东倒西歪。酒该散席了，刘月儿便叫那卖唱女将从龙扶进右边一间，示意陪伴他过夜；她自己则将胡奈带进左边一间。胡奈此时烂醉如泥，只好由她摆布，她便关起门来……

　　这边卖唱女把从龙扶进右间床上，也关起门。从龙假装不省人事，便一头倒下，和衣而卧。卖唱女几度叫唤脱衣服安寝，他只装大醉没听见。卖唱女无奈，只好坐在床边暗暗落泪。大约过了一个时辰，刘月儿推门进来，看见他两个还未睡下，便叫她出去，然后把门关起闩上，对从龙连唤一阵。云龙亦假装昏睡不醒。刘月儿蹑手蹑脚走向从龙包裹，提起来抖抖，喜形于色；又到床边连叫几声，从龙依旧不动。这时她突然凶相毕露，从腰间拔出一把匕首，直朝从龙咽喉刺来。说时迟，那时快，从龙飞起一脚，将她踹倒地上；再一脚踩到她胸前，夺下匕首，大喝一声："何方妖孽，敢在太岁头上动土！"刘月儿哀求道："好汉饶命，奴家再也不敢呀。"从龙大喝道："你这妖精到底害死了多少人，从实招来！"便寻来一根腰带将她双手反绑。

这时黑长儿从外面紧急打门，门开处，只见从龙亮出双剑，黑长儿吓得屁滚尿流，急忙下跪大呼："好汉饶命。"

从龙此时并不想动手杀他们，只因下山之前，师父有所交代："尔曹此去，寻找明主，匡扶天下，拯救黎民。今逢乱世，不平之事，到处皆有，鼠狐之辈，遍地滋生，除非不得已，绝对不要轻易杀人，要到处多结善缘，少招怨隙，能忍则忍，能饶人处则饶人也。"但当他打开右边房间时，只见胡奈血溅窗棂，床被尽湿，早已陈尸暴毙，不禁怒从心头起，恶向胆边生，大喝一声："妖孽你干的好事！"转向房内朝刘月儿当胸猛捅一剑，刘月儿当即气绝身亡。黑长儿见此状大喊"客官杀人啊"，随即飞奔逃命。此一喊惊动了左邻右舍，20来个投宿的客人以为强盗劫店，纷纷夺门而逃。从龙原本想追上去与他们解释原委，然而他们却以为要追杀他，跑得更快。其中一个有脚疾跑不动的客人即跪地叩首大叫："大王啊，你饶了我们性命，功德大量。我们所有行囊金银全都寄藏客栈内，你随意取用吧，我们毫无怨言……"从龙被弄得哭笑不得，正欲扶起他解释时，忽然喊声顿起……

从龙只见前后各有三个彪形大汉提刀赶来。前面三人首先赶到，当中一个肥头大耳，目露凶光，跳到跟前大喝道："你为何杀我妻子，快快偿命！"举刀朝从龙砍来。从龙不慌不忙，双剑一架，朴刀飞落。他大喝一声："你妻杀我同伴，一命还一命，与你等无干，速速回去，暂饶你等狗命。"这时旁边两个大汉提刀扑来，刘月儿丈夫也再次抢起刀子，将从龙围住。从龙挥舞双剑，毫无惧色，将三人朴刀一一击落。左右二人见势不妙，扭头拔腿便跑，只有刘月儿丈夫不知好歹，还在拼命叫嚣："你杀我妻子，今生与你势不两立。"从龙大喊一声："造孽也！"一剑刺中对方胸膛，当场毙命。后面赶来的三人见此状，知道从龙身手非凡，无法取胜，便作鸟兽散，径自逃命去了。后人有诗叹曰：

> 不问人间玄与黄，容妻做贼又当娼。
>
> 谋财害命居心毒，螳臂当车招自亡。

从龙随即回店，收拾行李，出店后漫无目标地朝前走去。逃散的旅客终于明白他不是强盗，便大着胆子回去，各取行装走了。

从龙行走间，远远望见一队官兵疾驰而来。为首的是一位将领，骑着高头大马，手提方天画戟。那将领行至近处，一声大喝："何方贼寇，敢来我地行凶，还不快快受缚，到县衙受审！"他两旁士兵也包抄过来，弄刀舞枪。从龙冷笑一声说道："我不想滥杀无辜，莫说你这30来人，即使来个成千上万，又能奈我何？你若有种叫他们退下，你我来个单挑独斗，若胜得我这手中剑我便跟你到县衙，若胜不了休来送死。"那将官"呸"了一声说："看你这个白面书生，黄毛未退，还敢口硬，斗就斗，谁怕谁啊。"即呼两旁士兵退下，跳下马持画戟朝从龙刺来。从龙双剑一隔，他顿觉虎口受震，暗想："此人功夫不凡，得小心应对。"两人直战十多回合，从龙闪过画戟，随手抓住戟头只一拨，便夺过来，朝前一扔，飞出 300 步之外。那将官大惊失色，立即下跪叩首道："小人有眼不识泰山，壮士拥有这等绝世功力，将来定是国家栋梁，不知因何来此地？又何故驻店杀人？"从龙便将奉师命来寻师姑，昨驻黑店，同伴被害之事一一说明。那将官知悉后，告诉从龙，他姓陈名飞，自幼追随父亲来闽，习得一身武艺，现在本地县衙当差。今闻店小二黑长儿前来告状，说有强人抢店，杀死老板娘，因此奉县君命前来捉拿。如今真相大白，是黑店害人。这时一些驻店旅客也前来做证，说是从龙因同伴被害他才杀人，从未抢走该店一丝一缕。

陈飞即问从龙欲往何处寻访师姑。从龙现在因同行已死，自己人地生疏亦无甚主意，便问此地近处有什么仙山、寺庙、庵堂，以及女尼出家消息。陈飞告诉他，此去东南方向 900 多里，在长溪县境内有一座仙山名唤白马山。此山有座古庙，香火旺盛，外地不少客人不远千里都到那里朝拜托梦，十分灵验；建议从龙也往那里一行，也许能找到师姑踪迹。从龙听后一阵惊喜，便辞别陈飞，按他指的路线举步南行。此去有分教：

莲峰寺前会知己，王家村里杀恶虫。

后事如何，能否找到师姑，且听下回分解。

第三回　纵淫欲　张灯抢淑女
　　　　忿不平　飞剑斩枭雄

诗曰：

> 一剑纵横寰宇惊，斩邪扶正保清宁。
> 此生厌恨强欺弱，岂教人间有不平？

上回说到李从龙告别陈飞，独自南行数日，越过重重关山，深入闽东境地，一日到达一个海边市镇。只见那里商户繁集，街市熙熙攘攘，十分热闹。李从龙沿街探访，闻说不远处有座山名唤莲峰山，山上有座50年前兴建的老寺，香火十分旺盛，他便动身前往。

一路上风光绚丽，香客络绎不绝。时值上元时节，寺门前人山人海，进香的人特别多。寺门前石凳上坐着一对男女，男的二十四五岁，女的十八九岁，两人面目相似，仿佛一个模子印出来的，想必是一对兄妹。他们正操着河南口音在讲话。从龙一看是故乡人，便前往探问。男的告诉他，他名唤黄文，他妹妹名唤黄素贞，祖上也是固始人氏，随王审知入闽。现居住在离此地5里外的黄家屯，仰仗祖上购置的几块薄田过着俭朴生活。两人自幼勤读经书，今来此地探亲访友，随意到此山一游。

说话间，只见岭下一队人蜂拥而上。为首的一个骑着高头大马，两旁簇拥着20多个彪形大汉，拿着棍棒家伙，一阵吆喝，要行人让路。骑马那个人40来岁，长着一脸横肉，经过时两眼直瞪瞪地看着黄素贞兄妹。从龙急忙询问旁边香客。一个香客告诉他：此人是附近王家村的王纵风，当地有名大财主，但为富不仁，时常横行乡里，欺压群众，是个在当地能够呼风唤雨、无恶不作的霸王，人见人怕。说话间，只见庙门大开，寺主持带领僧众出门，沿两旁站立迎接，毕恭毕敬。王纵风下马率众径直走上大殿，焚香礼拜之后，由主持带入方丈室侍茶。

从龙与黄兄妹正欲下山，忽见匆匆冲出一人迎面拦住说道："王员外有请，一同到舍下一谈。"黄文疑惑地问："我与员外素不相识，你们是否认错人了？"那人伸出手来，只见有11个指头。他说道："我听说贵公子兄妹饱读经史，王员外正欲请个教师到家中为其三个儿子执教诗书，今请光临寒舍面谈。"从龙早看出此人不怀好意，拉着黄文兄妹迅速离开，便对十一指等人说："我们都是田舍郎，未曾读过经史，更不懂诗书，无法从事教馆，先生另请高明吧。"那十一指忽然横眉怒目说："好意请你们去，谁不识我王家王员外，竟敢拒绝？敬酒不吃，恐怕要吃罚酒啊……"他正欲回去叫人，从龙带着黄文兄妹两个迅速飞步下山，任凭那十一指后面高声呼唤，不予理睬。

下得山来，因天色将晚，欲找旅店住宿，从龙建议黄文兄妹迅速离开此地，只怕那伙人不肯罢休会来找麻烦。

但黄文不以为然："我未欠他什么，他怎么可能凭空来找我？"从龙无法说服他。黄文便在当地找了一家旅店住下来。他兄妹俩住楼下两间；从龙却找了楼上一间窗口对着门外的，住了下来。

时至午夜，忽然人声鼎沸。旅店门外来了 20 多人。他们拿着灯笼火把，大声叫店主开了门，询问黄文兄妹住处；得知后随即打开黄素贞房门，从外面抬来一辆铜轿，不由分说由二个女的将素贞拖进轿内，抬起来就走。黄文开门询问，却被两个黑大汉一阵毒打，倒地不起，哀号连天。

从龙一看，怒从心头起，平白强抢人家淑女这还了得！便迅速收拾行装，提起双剑冲到楼下，往人群追去。十一指见有人追来，便指挥五六个黑大汉掣出朴刀迎上来。从龙飞舞双剑将刀纷纷击落。那五六个人见势不妙，拔腿就跑。从龙赶上，将跑在最后的一个大汉一腿扫倒，一脚踩住。那人大声哀叫："好汉饶命。"从龙问他："你们是哪方强盗，敢平白来抢人？"那人大叫："好汉别杀我，我从实相告。"于是他便把王纵风日间在寺庙看见黄文兄妹，想要抢黄素贞为妾的事说了。现在，王纵风家里正张灯结彩准备当夜成亲。

从龙听罢，放下此人，沿着抢亲队伍去路飞步追去。追不远，一个骑着马的彪形大汉，手持大刀迎面拦住，大喝："何方小子，敢来管闲事，不要命了。"一刀朝从龙直劈下来。从龙双剑一隔，斗了三四回合，那大汉气力不支，掉转马头欲逃去。从龙飞起一镖正中马肚，那马号叫一声撒腿飞奔，将主人掀翻落地，跌得灰头土脸。从龙不予理会继续飞步往前追赶抢亲队伍。

追着追着，前面出现一个大村庄人家。只见门前张灯结彩，人声嘈杂。四个抬轿的把铜轿抬到大门口，旁边两个伴娘掀开轿门叫唤，素贞早已昏厥不省人事。她俩入轿正想扶她出来，从龙正好赶到。他将轿门一脚踢落，掣出双剑。那两伴娘浑身发抖，跪地大呼饶命，四旁人士纷纷逃命。站在轿前的十一指也想逃跑，从龙上前一把抓住："叫你主人出来。"喊声刚落，一个肥头大耳、满脸横肉的黑大汉提着大刀带着十来个人从里屋冲了出来，将从龙团团围住。从龙毫无惧色，挥舞双剑，不一会儿只见十来人纷纷东倒西歪哀叫着，一个个径自退下，有的手指被砍断，有的手腕被砍伤。那黑大汉见势不妙，丢下大刀就跑。从龙冲上前，飞起利剑，从后背直插到前胸。那人哀声倒地，一命呜呼。那人正是恶霸王纵风。

十一指大惊失色，正欲逃跑，从龙赶上，一剑砍下他的首级；又把王纵风首级割下，捆一起往门外一扔，直飞出500步开外。树林中乌鸦一阵哀鸣。看热闹的人群也纷纷逃离。后人有诗曰：

　　　　为富不仁万恶悬，纵淫纵欲敢欺天。
　　　　今朝终落强中手，魄散魂飞身首迁。

又有诗曰：

　　　　霸地欺天依大财，纵淫纵欲祸根栽。
　　　　千家万户民声沸，一阵狂风便倒台。

　　从龙赶到轿旁，四个轿夫跑了两个，剩下两个正躲在轿旁瑟瑟发抖。从龙一把抓住其中一个。那人大喊："大王饶命啊。"从龙大喝一声："谁是大王？"他忙改口："英、英——英雄饶命。"从龙大喝："你要留狗命，替我做件事就不杀你。"那人叫道："只要英雄手下留情，小的甘愿做，莫说一件，十件、百件都做。"从龙说："你二人替我把轿内那位姑娘背出来，两个轮流背着跟我走。"这两人便进轿内，背起昏迷不醒的黄素贞，跟在从龙后面朝客店方向走去。约走了一半路程，远远看见黄文正同店小二赶过来。黄文看见妹妹已脱离险地便向从龙下拜，感谢搭救之恩。从龙扶起他说："不要这样，你我系乡里乡亲，朋友之间，有福同享，有难同当，路见不平理当拔刀相助……"说着便让店小二先自回店，然后这边问黄文："我杀了他二人，砍伤十来人，官府必定会来追究，你将何往？你原来的家已经回不得了，赶快做出决定。"这时黄素贞已经醒来，似经历了一场恶梦，当知道是从龙奋力从虎口中救她出来之后便欲下拜谢恩，从龙说："当前事是赶紧找个安身之处，其他从长计议。"黄文沉吟许久便说："我有个姑姑，住在百多里外的长溪县，可以投奔。现在陆路去不方便，怕有人来追；那里通水路，最好找条小舟。"说着便问两个轿夫。轿夫告诉他，附近有个渔村可以找到船。于是由他带路，走了五六里路，到达渔村。从龙把这二人带到跟前，从袋中取出四两银子，一人各给二两，说："劳你二位护送至此，我今别去，你二人回去，绝对不许说出我等去向，否则我将来回来，会找你们算账的。"说完拔出双剑，对路旁一棵桐树，只一砍，折下一半，对他们说："你等若不听话，泄露半点消息，待我回来时将叫你们和此树一样身首异处。"二人吓得魂不附体，下跪说："小人承蒙壮士不杀之恩，永远铭记。王纵风一家人横行乡里无恶不作，本地黎民百姓都恨不得杀之而后快，今蒙英雄出手为一方除害，我们都十分感激，怎么还肯泄露英雄行径！英雄有如此功夫，真是只有神仙可比。我们回去只说是王纵风一家作恶，天理难容，天上太白金星派来一位神仙下凡把他们收拾了，我二人亲眼看见那神仙带着黄素贞驾鹤腾云而去。估计这样一说，官府也只能作罢，不追究了。"从龙笑着说："亏你想得出这般故事来，好好，那就这样说。"便吩咐他二人迅速回去。

这边黄文跑到渔村里，找了一家渔船，许给十两银子。那个渔民就快快乐乐地将他们载上，趁着夜色，摇着大橹，唱着渔歌将三人载走了。

船行当晚，因逆风逆潮行驶，次日才到达长溪县城。经不断询问终于找到黄文姑姑住处。黄文姑丈姓杨名大振，是当地一家有名鱼货商，家资丰厚，拥有数家店铺和一座华宅大院，并蓄有奴婢数人。夫妇二人见黄文兄妹到来非常欢喜，因为与他兄妹已有十多年未见。又对李从龙冒着生命危险救出侄女十分钦佩。一家人对李从龙格外热情，一直以"英雄"称呼着。

从龙在长溪住了一个多月，和黄文兄妹寻遍了当地名山古寺，仍不见师姑岚静的踪影，便向杨大振提出前往白马山寻找。这时，黄文姑姑将杨大振和黄文叫到后厢房商量一番，出来后面带笑容，问从龙生辰八字，提出要将黄素贞许配给李从龙。她说李从龙从虎口救了她侄女，为答谢再生之恩无以报答，希望从龙能够接纳。黄素贞听后，羞得满面通红说不出话。她对从龙暗中早已十分钦慕，只恨说不出口，如今姑姑一提她自然满心欢喜。姑姑见她表情亦猜中了八九分，便提出在她家替她两人举办完婚大礼。

　　李从龙被黄文姑姑这突然一提，思想上没有准备，不知如何是好。从内心说他对黄素贞是十分喜爱的，但现在身在异乡，明主未遇、驻根未扎、事业无成、师托未了，怎么能在这个时候去办自己的终身大事呢？于是他便对姑姑夫妻坦诚地提出，他感谢二人为他做媒，也愿娶黄素贞为妻，但现在不能完婚，因师父已把他的去向一切交给师姑，待他找到师姑之后自己的婚姻大事要由师姑做主认定。杨大振知道从龙是重情重义的男子汉，他的意志无法改变，不可勉强，便也同意，只是建议多留几日好好欢聚一番。从龙也同意了。有诗曰：

天涯海角师姑寻，长把师言记在心。
不敢花前忘嘱咐，他时月下会知音。

　　一日从龙和黄文兄妹游山回来，在大街看到一对卖唱的男女，女的正在唱：

云山万重兮归路遐，疾风千里兮扬尘沙。

人多暴猛兮如虺蛇，控弦披甲兮为骄奢。

两拍张弦兮弦欲绝，志摧心折兮自悲嗟……

女的唱完，男的出场，舞起大刀，只见寒光闪闪，两旁观众一齐喝彩。从龙定睛一看，那男的竟是陈飞，女的却是那黑店的卖唱女，十分诧异。陈飞一看见从龙，赶忙放下大刀，跑过来行了一鞠躬礼，问道："兄长何时来这里？"从龙便把别后经过莲峰寺、王家村的事说了一遍，接着陈飞也叙述了他来这里前后经过：

原来那天从龙走后，陈飞回县衙报告了黑店主害人被杀的事，县官令他前去查封该店并捉拿有关人犯。他带了一队官兵，到达该店时却见店小二黑长儿已搜罗了店里财物，正在逼迫卖唱女跟他一同逃走。陈飞即将黑长儿当场拿下，并询问了卖唱女有关情况：

那卖唱女姓刘名芹，原是店主刘月儿远房侄女，父母因瘟疾双双病亡，当年只16岁的刘芹无依无靠，来找刘月儿，刘月儿便安排在店里，教她学会弹琵琶，专门给客人陪酒卖唱，偶尔也给阔绰客人陪夜，已经两年余。刘月儿夫妻毙命后，黑长儿卷走店里全部金银财宝，还把主意打到刘芹身上，逼她跟着自己远走高飞，获个财色双收。刘芹知道黑长儿不是好人，坚决不从。正在强迫间，陈飞率队赶到，当场抓捕了黑长儿，并带走刘芹到县衙询问。刘芹将黑店杀人劫财的事一一交代，原来该店前曾有过两宗杀人劫财事并埋尸附近林中。县官派人查实后，认为黑长儿是主犯之一，判决斩首。刘芹未参与此事，亦是被害人，且对破案有功不予追究，将欲放回；但考虑到陈飞跟随自己多年，已年过三十，尚未娶亲，而此女又有一定姿色，便询问陈飞是否着意，见陈飞满心欢喜，便自行做主将该女配给陈飞。

后来因建州的王延政与县君不合谋，县君便辞官回到闽中故里，陈飞也跟着走人。今忽闻县君已在闽中任职，于是陈飞便带刘芹也赴闽中，因瘟疫不敢走直路，便绕个弯来到长溪。路上由于盘缠不足两人便开始在长街卖艺。

黄文兄妹看到是李从龙朋友，便将二人带到姑姑家加以款待，并取了十两银子给他作盘缠。陈飞夫妇十分感谢，在杨家驻了一宿，第二天赴闽中走了。

由于杨大振的深情挽留，从龙在杨家又住了五六天，终于决定要往白马山一行。长溪与白马山隔海相望，相去不远，如走陆路，则要绕一大圈，多走三四天，于是大振决定雇条船前往，便托家里一个伙计带从龙前往海边渔村……此去有分教：

天湖百里浪滔滔，仙山千仞雾重重。

从龙此去凶险如何，且听下回分解。

第四回　慈心渔女　怀仁救父
##　　　　修佛尼姑　助逆亡身

诗曰：

> 百行常道孝为先，不可违仁与逆天。
>
> 倘若违仁行不义，天诛地灭臭名悬。

上回说到杨大振托店里伙计带从龙去岸边寻找渡海船，那伙计便找一家经常给杨大振送鱼货的船户翁老二。到船上时，老二不在，只有他女儿翁莲在船上。伙计说明来意，翁莲便跑到不远处一条船上，叫了半晌，翁老二才没精打采地出来，后面跟着两个人，一个是独眼龙，另一个叫猴七，只见他一脸猴形鼠相，眼边还长一颗黑痣。他们看了一眼李从龙后，猴七便对独眼龙耳语了几句；又把翁老二叫到一旁，三人耳语了一会儿。猴七的双眼一直盯着李从龙手中的包裹。从龙顿时心中一凉，但还是强装镇静，似乎无所知觉。伙计和翁老二谈妥价钱后，翁老二满脸笑容地来和从龙打招呼，叫女儿把从龙接到自己船上，随后驶向海中。

当晚是西南风，船一路颠簸。一会儿天已大黑，翁老二叫女儿掌上灯笼，对从龙说："看起来客官似是北方人氏，坐船不习惯。"便叫女儿热了一壶酒，打算和客官对酌。他说吃醉了，只要睡一觉天明就到对岸了，很舒服；否则不习惯坐船的人会呕吐，从龙听后点点头。

不一会儿，酒上桌，还有两盒煮熟的鱼虾干。翁老二叫女儿去摇橹，他则和从龙对饮。他不断地劝酒。从龙本来酒量很大，一般一斤多没问题，但此时只饮到半斤左右，便佯装不胜酒力，说头晕了，倒下去呼呼大睡。翁老二叫了一会儿，确信从龙已经醉入梦乡了，便叫来女儿，使个眼色，两手做个抬起来的架势，意思是把李从龙扔到大海中去。他确信北方人不习水性，一旦丢到海里便再也无法回来了。翁莲面露难色，怎么也不肯动手。翁老二用手指着她，脸现怒容，用渔家语大骂一阵。从龙虽然听不懂，但从表情看自然知道是在说什么。半晌，翁莲仍旧不肯从命。翁老二无奈，便跑到仓里取出一把平常劈柴的小斧头，欲朝从龙颈部砍去。翁莲一阵惊叫，欲来阻止，只见从龙飞起一脚将斧头踢落，再一脚将翁老二踢倒在船板。他一脚踩在翁老二胸前，捡起斧头对他脸部一照，只见翁莲双脚跪地大声哀叫起来："好汉饶命啊，我爷受人指使，干此谋财害命没良心的事，实是一时糊涂，望好汉手下留情饶他性命，奴家情愿今生来世做牛做马报答好汉恩情啊……"说时泪如雨下。翁老二也满脸泪水，双手合十不断求饶。从龙对翁莲说："不杀你爷可以，你要去找条绳索把他捆起来。"翁莲只好从命，到仓里找到一条棕绳，把其父来个五花大绑。

　　这时不远处有条船朝这边疾驶而来，船头上站着两个大汉，各持朴刀大声喊杀，似乎他们已听到这里发生的一切。从龙张弓搭箭，只一箭便把来船帆索射断，帆布吹落，船行停止。定睛一看，那两人正是日间见到的独眼龙和猴七。从龙再发一箭，正中独眼龙右眼，独眼龙跌落水中，哀叫着，不知方向，却向大海中游去……猴七见势不妙，跑回仓里，暗中拿个铁凿，从后仓跳入水中，游向翁老二的船。从龙不知其故，稍一犹豫，只见船底被凿一个大洞。水涌上来，翁莲迅速拿床棉被往漏口上一堵，水流缓了下来。这时只见猴七从船底浮出，正欲游回去，从龙飞起一镖，飞镖深深地扎进猴七的后脑，只见鲜血像喷泉一样涌出，染红了附近一片海水，猴七身体迅速下沉……

　　从龙叫翁莲把船驶向远来的贼船。在距离两丈远时，从龙带上行李，纵身一跃，直落到来船上。翁莲一阵惊吓，半晌方才定过神来，这时水已灌满自家半个船舱。她跑到仓内，迅速解开翁老二的绳索，父女二人跳到水中，直朝从龙所在的船游过来，而他自家的船慢慢沉下去了。

　　父女二人上了船，直朝从龙下跪，痛哭流涕，感谢他不杀之恩，并向从龙供述了事情经过。

　　原来那猴七、独眼龙虽也是捕鱼户，却是不务正业的赌棍，平常极少出海捕鱼，以赌博为生，专骗渔户血汗钱。翁老二嗜赌成性，日常捕鱼收入大多被他们以赌骗走，还欠下一大笔赌债。猴七30多岁未娶妇，他眼馋翁莲美色，要翁老二把翁莲嫁给他，以抵欠债。翁莲坚决不从，以死相迫，翁老二无奈不敢强制。此次聚赌，翁老二又输一大笔，猴七正逼迫翁老二签字嫁女时，忽听女儿来喊他。他无精打采出来时，猴七、独眼龙也跟着出来。二人看见从龙手中包裹沉重，顿时有了主意，便让翁老二载上李从龙，待船到海中时将其抛入大海，获得的财宝三人平分，并免去翁老二所有赌债。翁老二利欲熏心，也迫于欠债难还，略一思索竟然答应了下来。

读至此，世人感叹，万恶都从赌中来。诗曰：

世上长藏吸血虫，常抛赌饵钓愚公。
一朝赌鬼缠身上，子散妻离百事空。

现在猴七、独眼龙已死，翁老二连家船也沉入海中，无家可居。翁莲主张借猴七的船到宁川峭源一带捕鱼，不回长溪，以免被猴七家族人发现，翁老二只好同意。他父女两人将李从龙送到对岸。李从龙上岸后，从袋中取出五两银子交给翁莲，并用剑指着翁老二说道："你利欲熏心，谋财害命，若不是看你女儿良心未泯，怕她孤苦无依，早就一剑送你赴黄泉去！"李从龙警告他们，今后要老老实实做人，千万别再做伤天害理之事。翁莲噙着泪水不断点头，但对银子却始终不肯伸手接。她说："好汉饶我父性命已是恩义如山，怎么还敢要银子？"但由于从龙的坚持，她最后只好遵命，惭愧地收下银子，怀着复杂的心情直望着这个自己有生以来最仰慕的男子，依依不舍地离去了。

从龙上岸后，走了一段路，见天色已晚，便找了一家客栈住下来，顺便询问白马山的情况和岚静师姑的事。店主告诉他，离这里不远处山上有座尼姑庵，里面住了二十几个尼姑。为首的老尼姑似乎名叫"兰静"，已在那里修行20多年，叫他去那里问问。从龙一阵窃喜，第二天一早便按店家指定的方向走来。

　　沿着一条由黄泥土和石板块分段交叉砌成的上山小路，走了十来里，便在山弯处看见一座写着"天静"的庵堂。走过去依门一叩，一个小尼姑出来。从龙向她说明来意，小尼姑告诉他本庵住持确实是"兰静"师太，她在此地修行20多年，便把从龙请到堂中侍茶。不久，走出一个佛家打扮的老尼，装扮得道貌岸然。她问从龙找她何事，是不是北边太乙山来的。从龙觉得奇怪，问她怎么知道。她笑着说是你师昨夜托梦的。从龙更感到奇怪，便把来这里苦苦找她，找了几个月，历尽千山万水和无数惊险的经历，一一作了陈述，并取出师父天易子的亲笔信交与兰静师太。兰静草草地看了一遍，便收入囊中，对从龙说："你既来了，就在我这里先住下来，其他事从长计议。"便叫一个小尼姑去后堂先收拾好一个房间，叫从龙搬到里面住下。

　　从龙在庵里住了四五天，却不见师太有任何安排和指点，闲着无事，便带上双剑往山前山后到处转悠。第六天早上，天方黎明，他还在床上打盹，只听外面一个小尼姑进来报告说，庵门外有个客人来找师太，说有要事，他不愿进来，要师太出门去见他。从龙感到奇怪，便起来从门缝朝外看，只见兰静急急忙忙地出去，到附近林中，一会儿又慌慌张张地回来，两眼却一直盯着从龙的房间……

当天晚上，从龙躺在床上，心事重重，翻来覆去不敢睡。午夜时分，忽然听到一个小尼姑大喊："后堂失火，快来救火啊……"从龙一骨碌起来，冲出房门一看，只见后堂柴房已经火光冲天，火舌随着风势正向自己住房方向猛扑过来，二十几个大小尼姑正在不断地搬柴泼水。火势越烧越旺，从龙冲进火阵，冒着浓烟，将着火的柴片一片片地捡起扔到庵外。不一会儿，一大堆柴片被搬去十之八九，火势终于平熄下来。这时从龙突然想起，自己的双剑和行李都在房间里，临行前师父曾经千叮万嘱，双剑不能落到任何人手里。他便跳出救火队伍，径直向房间走去，房门却被人从内反锁。他一脚踹开房门，冲到床边，拿起行李袋，却不见了双剑，便紧急跑到厅堂。只见一个黑大汉，双手正拿着自己的双剑，哈哈大笑道："从龙兄，久违了，宝剑且借我用用，后会有期！"便朝大门外大步走去。从龙大喝一声："何方贼寇，竟敢前来偷我宝剑！"那人转过身来，借着微弱烛光，从龙定睛一看，竟是两个月前在救黄素贞时，在路上遭遇到的那个黑大汉……

这到底是怎么一回事呢？

原来那黑大汉名王六苟，是王纵风堂弟、王十一指亲弟弟、王家村的教师爷，武艺出众，是远近有名的"万人敌"，王纵风仰仗他而称王称霸。那天他来抵挡李从龙时，斗了几回合，深感李从龙手中双剑利害无法取胜。他骑马逃跑时，从龙用飞镖击中马肚，他被马掀翻倒地。当时从龙只顾追赶黄素贞的轿子，没有理他，他侥幸逃回王家村时，王纵风、王十一指已死于非命。

他遣散了王纵风的六房婢妾，只留下正妻和最小的一个小妾，占为己有。这几个月来，他到处查访跟踪李从龙，后来从店小二那里获悉，李从龙欲往白马山寻找师姑岚静。王纵风恰好有个远房姐姐名唤兰静，自幼在白马山一带出家，他便寻了过来。找到兰静后，诉说了王家村被砸、二兄被杀的事，要求兰静帮忙除掉李从龙。兰静起先坚决不从，认为出家人已四大皆空，再管红尘是非有违佛祖教导。他便拔出刀子往香案上一插，大骂兰静没人性，忘祖忘宗，忘恩负义，置族弟之仇于九霄云外，并要讨回王纵风此前对天静庵的数次大笔捐赠，说"捐赠是白白喂了狗"。兰静被他骂个狗血淋头，但对杀人一事，还是不敢答应。

王六苟回去十多天后又来找兰静，说可以不在她庵里杀人，只要兰静答应帮他偷取李从龙的双剑，他愿再捐赠百金给天静庵。兰静在威逼利诱面前未能守住底线，竟答应了他。

他到庵里住了一个多月，不见李从龙来，就回到王家村，行前交代：若李来此庵，兰静要设法留住，并迅速通知他。那天约兰静到林中会晤的客人就是他。他们设计午夜放火，待李前去救火时偷走双剑。

其实李从龙到庵那天，在向兰静递交师父信件时，看到她的表现，就觉得蹊跷。一个与师父青梅竹马相恋相依的人，听到师父去世怎么可能没有半点悲戚？听到师父临终嘱托怎么可能毫无表情、反应平淡？

从龙发现那黑大汉正拿着自己的双剑走向门外，并得意地回头看着自己时，不禁怒火中烧，随即从地上捡起一块柴片，用生平力气直朝那大汉后脑狠狠砸去。王六苟挨了这突然一击，顿觉天昏地转，金星直冒，回头大骂道："你这个撮鸟，我不愿在这里结束你的性命，怕污秽了佛家宝地，你竟自己来寻死，怪不得我也！"他仗着手中有了双剑，李从龙已不是自己的敌手，便直向从龙扑来。从龙纵身一跳跃上墙头，飞起一镖正中他的面门，顿时鲜血直流如注。王六苟方用手去拔时，又被一镖击中咽喉，立时倒地气绝身亡。从龙跳回厅中夺回双剑……

这时庵中众尼姑大号大哭，纷纷往外逃命。兰静虽然心中惊骇，却强装镇静，跑出来大声嚷道："造孽呀，造孽，你怎么能到佛门净地来杀人……"话语未落，从龙怒目圆睁大喝道："谁造的孽！你说来！"兰静还装成长辈口吻说："你师父是怎么教你的，今天竟来我庵里杀人？你还认不认我这个师姑？"从龙嗤鼻一笑，说道："师姑？你装得倒好像，你若真是与我师青梅竹马的岚静师姑，我且问你，我师父生于何年何月何日？他家中几位兄弟姐妹？你家中又有几位兄妹？"这一问让兰静哑口无言。从龙向前一步，抓起袈裟，把剑对她一亮，说道："你这妖尼，竟敢配合恶徒，害我性命。今天你必须把此事的来龙去脉一一给我讲清，若有半句不实立即叫你一剑毙命。"兰静此时面如土色，瘫软倒地不起。

这时，后堂走出一个中年尼姑，跪倒在从龙面前大哭道："好汉饶命啊，此事实不应全怪兰静师太，完全是那王六苟做的恶……"她便把王六苟与王纵风、王十一指关系，以及王六苟来庵里的事前前后后全部告知从龙，说："师太本是个好人，她来这里修行 20 多年，邻近乡里都可以证明，这次确实是被逼无奈做了这错事，希望壮士高抬贵手给予宽恕，我们不胜感恩戴德，将祈求佛祖保佑壮士……"

后人读至此，感慨万分，有诗曰：

> 廿载修行将到家，红尘未绝孽缘麻。
> 不该助逆仁心灭，坠落身亡一念差。

又有诗曰：

> 利欲诱人处处通，三千世界路蒙蒙。
> 良心佛教未坚守，廿载修行一错空。

不知兰静性命如何，且听下回分解。

第五回　指迷津　岳王托诗梦
　　　　追渔女　恶徒招杀身

诗曰：

乱世枭雄起四方，泥沙俱下各称王。

城头变幻莫花眼，孔雀开屏非凤凰。

上回说到那中年尼姑跪地陈述内情后，在庵内尚未逃离的十几个大小尼姑纷纷返回，来到大厅跪下替兰静求情。从龙听后对她们说："兰静身居佛门修行20多载，对佛祖教诲置诸脑后，助逆行恶，是可忍孰不可忍？虽说是在王六苟威迫之下发生的，但王罪行败露后她依旧不思悔改，还冒称自己是'岚静'，企图鱼目混珠，这就不能容忍了。现在既然你们都替她求情，可以免她一死，但有三件事你们必须做。"

众人急问是什么事？从龙说：

"第一，必须立个碑，把天静庵这次事件的来龙去脉刻在石碑上，竖立门前，向后人有清楚的交代；第二，立即将详细情况向长溪县衙报告，以便分清是非；第三，兰静可以在庵里修行，但不宜继续担任庵主持，由你们向上报告另选他人。此外，兰静应立即交还我师父信件。"

众尼姑一一答应。数日后，天静庵门旁竖立起一块石碑，其碑文曰：

天成二年三月，长溪县王家村主王六苟几度到天静庵找兰静，密谋杀害河南李从龙壮士，为其兄王纵风、王十一指报仇。原庵住持兰静师太迫于其淫威，未能坚守佛门规则竟与其合谋，于三月十五日夜在柴房纵火，引诱李从龙救火，伺机盗取其双剑，欲将其杀害；阴谋被李从龙粉碎，王六苟因而死于非命，实属罪有应得也。

为辨明是非功罪，特立此碑警示后人，以便后世僧尼人众引以为戒。

天静庵　丁亥岁次立

石碑设立后，四方僧尼以及善男信女纷纷前来参谒，同声指责兰静，不该屈于淫威违背佛家教德。兰静无地自容，不久忧郁而死。

王家人不甘心，几度往长溪县提告，要求捉拿李从龙，拆毁此碑。县官在了解具体事情后，惧于民愤，不敢起办此案，同时也深知李从龙武艺无双，自己衙中那些武备根本不是其敌手，一旦张告捉拿，不但无功而返更可能因此引火烧身。对于拆碑要求，因为害怕从龙来寻事，亦以由该庵僧尼自行决定为由不予理睬。

立碑后的第二天，从龙闻说该处筼竹坪有黄岳神庙，求神托梦十分灵验，便决定上白马山一行。行前有人告诉他，离此不远有个栖云潭，即黄岳一家殉国处，李从龙便决定上山前先往探访朝拜。

他跟随一群信众，沿着山林间一条杂草丛生的小路，一路跋涉。快到栖云潭时，突然发现一只小白兔急蹦急跳着拼命奔跑，后面紧紧跟着一条一丈五尺多长的大青蛇。眼看仅一步之遥，那蛇张开血盆大口急欲吞下小兔时，从龙张弓搭箭，一箭射出，正中青蛇一只眼睛。那蛇头晃了一下，转过身来，对着从龙龇牙咧嘴，愤怒至极。从龙搭起第二支箭，正欲射出，那蛇见势不妙，立即掉头往林中逃去。小白兔得救，面对从龙双脚伏地，点了点头，似乎感谢救命之恩。

这时，山下传来"好箭！好箭！"的喊声，声音很熟悉，似乎哪里听过。从龙转头一看，走来两个人，身着官服，其中一人似乎见过，近前一看竟是陈飞。从龙正欲问候，同来那位官员走上前来，竟行了个下拜礼，声称："大将军在上，请接受小将一拜……"从龙不知其故，急忙将他扶起，忙问陈飞是怎么回事。

原来陈飞跟着县君到闽中任职后，正值王审知次子王延钧在王延禀（王审知养子）的配合下杀了哥哥王延翰，接位后正准备僭号称帝。他怕大众反对，便开科取士，极力网罗人才。他见陈飞武艺出众，便将他收到殿前供以将军之职。陈飞即向王延钧推荐李从龙，说："此人武艺盖世无双，若得他辅佐，江山可定矣。"王延钧听后十分欢喜，便叫心腹将领林跃带上重礼，跟着陈飞前来聘请李从龙。

他们先找到长溪杨大振家，询问黄文兄妹，得知李从龙已到白马山寻找师姑，又赶到白马山。路过天静庵时，看了石碑得知王六苟被杀事，又沿路直奔黄岳故地而来。这天早上，二人想先到栖云潭黄岳殉身处拜谒，想不到竟在此处相遇。

林跃说明来意后，双手捧上一个精致礼盒；打开一看，竟是一串闪闪发光的珍珠，估计价值连城。从龙见此重礼，一时没了主意，心想，此人慧眼识英雄，也许就是自己几个月来苦苦寻找的明主，本应前往投奔，可现在未见过师姑，自己不敢妄自决定，不敢收下礼物。便对二位说："承蒙尊王器重，李某十分感激。本当前往效犬马之劳，奈因从龙下山前，我师切切交代一定要寻到师姑后由她决定。师命难违，只能请二位先回去禀告尊王，从龙待寻得师姑，请示后一定往闽中与二位共事明主……"陈飞知道从龙重情重义，不可勉强，便改变主意，提出三人一同前往筠竹坪，说现在很多人遇到疑难事都向岳王求梦来决定，李兄一时寻不到师姑，去问问岳王更妥当。他的建议得到二人的一致同意。

一路上，善男信女络绎不绝。从龙在同当地信众攀谈中得知，黄岳是当地人氏，生于唐末五代时期，自幼饱读诗书，心忧天下，曾以乡贡入太学。黄巢造反，世乱，中原许多百姓南迁入闽避乱，黄岳便疏散家财周济难民。唐天祐四年，朱温害死唐哀帝，篡唐自立为帝，改国号为梁。黄岳不作贰臣，遂告疾回乡，在家周围开辟一片茶园，以茶会友。后梁开平三年，朱温封王审知为威武节度史，主管闽地。王审知治闽有功，中原名士韩渥、王淡、杨沂、徐寅等都来闽地投奔。王审知为笼络人心，因慕黄岳为人忠义有学识，深得百姓拥护，便多次派人请他出山担任要职，黄岳却认为王审知依附朱温，并接受其封号是唐朝逆臣，"忠臣不事二朝帝"，不愿前往授职。后因王审知多次派人邀请，最后一次竟派了崇、舒、赵、田四位使者前来强请，黄岳自度无法拒绝，便带领全家人，包括母亲、儿子和两个弟弟，投入栖云潭溺死。其爱犬亦跟随主人投潭。他妻子林氏在浦岭山头旧宅居住，听说丈夫殉国，也跟着投了潭。前来邀请的四位使者，感其忠义亦跟着投潭。

据当地人传说，黄岳投潭后，灵魂登天，玉皇大帝感其忠义，召见了他。因中原一带大乱，要他到中原担任一朝皇帝以收拾残局。黄岳认为，中原群雄互相残杀，一朝天子虽能享尽荣华富贵，但此后如果江山不保，子孙往往尽遭诛戮，所以不愿去。玉帝说："你不当一朝天子，那就留在当地保国佑民，给你安享万代香烟。"黄岳接受了这个赏赐，后人有诗曰：

遥看中原尽泪痕，群雄逐鹿乱乾坤。
一朝天子常无后，万代香烟万世存。

三人沿着小路上山。这里春光明媚，林木苍翠，小鸟鸣唱，蝴蝶飞舞，似乎在盛情迎接远方来的客人。沿途四方善男信女络绎不绝。二十来里山路过去，他们来到筼筜坪宫庙前。只见神庙主殿坐东向西，门首朝南向北，神像尊严，金身焕彩，朝拜者人山人海，有士农工商、三教九流，热闹异常。三人奉上供品跪拜一会儿，向庙主持说明来意，安排住宿，以便向岳神求梦指点迷津。

当晚皓月当空，四周无云，从龙很快进入梦乡。只见三人登上峰顶，远处飘来一朵白云，直落他们身边。云中一童子，手执仙拂，只一摇便把从龙吊到云中。陈飞、林跃一直呼唤从龙带上他们，那童连连摆手。从龙随着童子飘飘忽忽来到一个宫殿所在，进门时，门前站着两个提刀将军，从龙行了一个礼，将军便让童子带进。正殿上坐着三位神仙，即与日间庙中所见相同。从龙跪拜，说是师父所托，前来投奔明主匡扶社稷，因师姑无处寻找，特要求神仙指点迷津。那神仙不说话，左边袖子一扬，中间飘下一条丝带，从龙接过一看，竟是一首七言绝句：

乱世龟蛇起四方，占山霸水各称王。
逆天违纪殃黎庶，不是真龙不久长。

从龙看后，虽然明白神仙意思，但对自己何去何从仍旧不解，再一次问神仙。那神仙右边袖子一拂，又飘下一条丝带，从龙接过一看，上面又是一首七言绝句：

迷雾漫漫不见春，生逢世乱志难伸。
休将剑戟扶危主，种草深山佑万民。

　　从龙因不解其意又待询问时，那神仙摆一摆手，童子从桌边举起一块牌子，上写着：

　　"天机不可泄露。"

　　神仙便径自走入后堂，童子招招手，意思是叫从龙跟着自己，从龙只好从命。

　　那童子驾起一朵白云，又把从龙带到一处高山上。从龙朝下看时，只见一队劳工正在搬运石头去填一个坑壑，其中有男有女。从龙定睛一看，那走在最前面的一个竟是开黑店的刘月儿，后面跟着她丈夫和店小二黑长儿，接下来便是独眼龙和猴七，再往下看出现了恶霸王纵风、王十一指、王六苟……远处还有一男一女正缓缓走来，一时看不清面孔……

　　从龙暗想，这些人生前干了坏事，欠了债，死后被罚填充原来的欲壑。

　　正在沉思间，忽然一条大青蛇朝他冲过来，正是昨天在栖云潭被射中的那一条青蛇。那青蛇张开血盆大口，露出毒牙，直朝从龙扑过来。从龙一摸腰间，双剑未带，急得直剁脚，这时，那童子神拂一卷，他便"啊"了一声，跌下山头……

　　一觉醒来，旁边陈飞、林跃急问何事，从龙本想告知梦中所见，却记起童子那块"天机不可泄露"的牌子，立即改口说："神仙叫我，一切要由师姑决定，我暂时无法前往闽中。"陈、林二人听后感到从龙之志不可相强，于是便决定先回闽中报告。

　　陈飞与林跃辞别从龙下得山来，刚走几里，忽然听到后面传来女子的哭声和男子的喊声，回头一看，只见一年轻女子慌慌张张奔跑，后面一黑脸男子紧紧追着。那女子跑到跟前，朝着二人双腿一跪，大哭道："将军救命！有强盗要抓奴家……"只见那黑大汉手提斧头，满脸横肉，对陈飞说："她是我的妻子，因偷汉欲离家出走，我要带她回去……"说着要去抓那女子。女子哭着说："将军不要信他胡说，他是强盗，刚才杀了我父亲，要抓我去当媳妇，请二位将军救我……"那黑汉再欲去抓女子时，陈飞一拦说："且慢，你俩先把事情说完再定。"那黑大汉见陈飞赤手空拳，竟疯狂地提斧向陈飞砍来。陈飞闪到一旁，林跃拔出双剑，只一剑便把来人执斧的手腕砍断，斧头落地，鲜血直喷。那黑汉慌忙跪地求饶，说道："将军饶命啊，我妻子不要了，任由将军带走……"陈飞"呸"了一声："谁要你什么妻子，今日你必须把原情原委一一讲清，一言不实，要你狗命！"那女子便跪地，将原情原委向二位一一叙述。陈飞每听一句，都问黑大汉是否属实，黑大汉一一点头称是。

原来那位被追女子即是前回送李从龙渡海的船家女翁莲。翁莲和父亲在宁川一带捕鱼为生，有一天被长溪一渔户看到。该渔户认得猴七原来使用的木帆船和翁老二，回去后便把遇见他父女及渔船的情况告诉猴七的弟弟猴九，猴九正在四处寻找兄长，跟其兄长一样也是一个不务正业专门从事骗赌的破落户。猴九获悉这一情况后，便到宁川来寻找翁老二父女。猴九发现翁老二后，一直暗中跟踪到船上，他责问翁老二，为什么害死他哥哥，夺走渔船。

翁老二只好将原情一一相告。猴九不相信，要抓翁老二去见官办罪，追回渔船；同时他垂涎翁莲美色，说只要翁老二答应招他为婿，三个人一同在船上生活，便不予追究。翁莲坚决不从，他便抱起翁莲压到船舱里，脱下衣服欲行不轨。翁莲激烈反抗，在他脸上抓了一道口子。翁老二也过来拖他。猴九跑到舱里，拿起劈柴的小斧头，朝抓住他衣襟的翁老二头上砍去。翁老二顿时鲜血淋漓，但还是紧抓他不放，并叫翁莲快跑。翁莲跳入海里向岸上游去。猴九朝翁老二连砍数斧，翁老二气绝身亡。

猴九把船开到岸边，直追翁莲。这时翁莲上岸后已经走远，但在陆地却跑得缓慢，跑了一段路，渐渐被猴九追上，正在绝望之际，遇到陈飞、林跃。

在问清情况后，林跃对陈飞说："这般恶徒，留他无用，回去还会害人。"尽管猴九不断求饶，林跃还是一剑砍下他的头颅，丢落地上。

读至此处，人们有诗曰：

> 为人欺世莫欺天，善恶条条天上悬。
> 莫谓一时无所报，报时身首不相连。

翁莲当即双膝跪地，不断叩头，感谢二位恩公救命之恩。

随后，翁莲询问二人去处。林跃告诉她，因奉命前来寻访英雄李从龙未果，欲先回闽中就职，日后再来聘请。翁莲感到奇怪，便向二人询问李从龙模样。双方所说一合，方才知道自己前次搭载，至今日思夜念的英雄便是李从龙，与他二人所寻找的是同一人。她考虑到现在父亲已死，已无法在宁川这一带海上生活；还有猴九一死，猴七一家人还可能再来找麻烦，于是便对二人说："现逢三月天气，海面上风平浪静，她这条船较大，可搭载他二人从海路直往闽中，省去沿途跋涉之苦……"陈飞听后十分高兴，二人便随翁莲折回船上。林跃取出五两银子帮翁莲草草料理了父亲的后事，跟着她，扬帆直朝闽中去了。

林跃年过三十，此时尚未娶亲，后在陈飞撮合下娶了翁莲，一直到闽侯官一带生活下来。

此去有道是：

渴饮山茶留英杰，细听琵琶会亲人。

后事如何，且听下回分解。

第六回　饮神茶　茅屋留英杰
听琵琶　深山遇故知

诗曰：

> 寒云滚滚地天沦，四海茫茫不见春。
>
> 乱世英雄难择主，茅楼深处好修身。

送走陈飞后，李从龙回头一直在思忖岳王托梦之事，由于"天机不可泄露"，他不敢把岳王托梦的真实意思告诉这两位朋友。实际上，岳王在第二首诗中已经说得明明白白，特别是最后两句："休将剑戟扶危主，种草深山佑万民。"去闽中扶助闽王，这条路已彻底堵绝了，今后的去处应是"种草深山"。其中的深山，自然也就是岳王所居住的白马山，师姑也许就住在此山上，找到师姑后一起在这座山上种草，也就是今后的去向了。想到这里，他便决定在这片山里全面寻访一遍。

迎着明媚春光，踏着林间小路，一路上莺歌蝶舞、蛙唱蝉鸣，各种野花盛开，山茶满山红艳艳的。从山腰登上山顶，只见白马双峰，沉浸在茫茫山岚海雾中，远望去，由于云雾迎风浮动，好像一匹马儿在跳跃。朝下看，东冲口内外渔船云集，海浪滔滔，时值捕鱼季节，千余艘渔船齐集在官井洋中作业，随着潮流东来西往，扬帆撒网；海面上不时有一群群海鸥、白鹭飞来飞去。此情此景，平生从未见过，简直是入梦华胥仙境。

从龙饱览了一会儿，又沿着另一条小路下得山来。这时，忽见一只小兔在他前面乱蹦乱跳。他定睛一看，正是前日在栖云潭遇到的那一只被大蛇追赶的小兔。他走过去，那兔便直前跑；他停下来，那兔也停着不走。如此再三，他感到奇怪，就跟着它一直走到山弯一片竹林深处。那儿现出三间茅屋，屋前一片青草地，屋后一块鱼塘，养着各种青、红鲤鱼，茅屋左右边均是蔬果菜地，种着葡萄、梨树和瓜果豆类。豌豆已爬上藤架，开着紫绿色花儿，蝴蝶一双双在花边翩翩起舞，景色真令人陶醉。

从龙走到屋前，一个十四五岁的小女孩正在门前撒米，喂着一群刚孵出的小鸡。她见从龙一身外地人装束，十分诧异，便问："客从何处来？"从龙在山中跑了大半天，此时十分口渴，便借机向小姑娘讨口水喝。那姑娘立即放下手中活儿，跑进去拿来一个小铜壶，在土灶边烧了一壶水；又到房间内抓了一把绿茶叶，泡了一碗茶，双手递给从龙。从龙接过手，只觉清香扑鼻，一进口里，顿时沁透肠胃，心舒脾畅，其乐无法形容，便问这仙茶何处寻来。那小姑娘笑道："这是我父母自己种的茶树，月初刚采的清明茶。"这时她父母已从山里劳作回来，与从龙攀谈起来，询问从龙是何处人氏，因何到此，等等，从龙一一做了答复，并把寻找师姑的事也告诉了他们。

那姑娘父名杨一民，原是北方人氏，15岁时随王审知队伍南下。入闽后，因打仗失散，躲入白马山，以采药为生。有一次，他被两头蛇咬伤，昏倒在山林间，奄奄一息之际，遇到姑娘的母亲苏娟。苏娟前夫前数年也是被两头蛇咬伤中毒而死的，便将他背回到自己茅屋中细心治疗。苏娟父母此时尚在世，见到杨一民慈眉善目，为人踏实，勤劳好学，十分高兴，治疗好后，便将他留在家中，要招他入赘。杨一民感激苏娟救命之恩，且她又美丽贤惠，自然十分满意，便从此留下来，一起生活。此后十余年，生下一小女儿，取名杨丽。苏娟父母此后相继去世。苏娟夫妇从此十分痛恨此山竹林中经常出没的两头蛇，一有看见立即将其打死，即使跑回洞中，也设法凿开洞穴将其找出来击毙，不让一条有机会生还。

苏娟自己父母原来也是白马山下一个大户人家，书香门第，因避兵乱躲到白马山居住。苏娟自幼跟随父母熟读经书，写诗作画。虽然杨一民是大老粗，原不识字，但跟随苏娟后也略学了一些；杨丽自小也受到父母熏陶教诲，学会了写诗填词。

苏娟夫妻看到从龙一表人才，且谈吐优雅高尚，通今达古，文武兼修，感到他绝不是等闲之辈，日后可能是国家栋梁人物，便留他在家暂住。从龙来到白马山后尚无安身之处，见他家宽敞整洁明亮，环境优雅，人又热情好客，便爽快地答应下来。他每天跟着他夫妇上山砍柴采药，下地耕耘作业，俨然一家人的样子。杨丽更喜欢从龙，特别是喜欢他舞剑，每天总是撒娇地求他教练刀剑武术……

从龙在杨家住了整整一个月，几乎跑遍了白马山区的每一座山，却始终不见师姑影子。就在失望想走的时候，一个明月当空的夜晚，他在山头上和杨丽一起练剑时，从不远处山谷里传来一阵琵琶歌声：

> 自矜娇艳色，不顾丹青人。那知粉绘能相负，却使容华翻误身。上马辞君嫁骄虏，玉颜对人啼不语。
>
> 北风雁急浮云秋，万里独见黄河流。纤腰不复汉宫宠，双蛾长向胡天愁。
>
> 琵琶弦中苦调多，萧萧羌笛声相和。谁怜一曲传乐府，能使千秋伤绮罗。

那歌声清脆动人，那曲调委婉细腻，从龙仔细一听，竟是刘文房的《王昭君曲》，是天易子师父日常最爱弹奏的一首，便问杨丽，此处何人在唱。杨丽告诉他，那是一个叫杨树梅的姐姐在弹唱。树梅住在离此不远的山腰的一个洞里，同她一起住的还有她的师母山风道人。她从小就知道她们在那里，上山采药也时常碰到她。她家那几棵茶树就是山风道人给他们种子种的。此茶树很奇怪，平常年份只开花不结果，听说要碰到兔年才结一次果。杨树梅还告诉她父母，此茶吃了能延年益寿，活到百岁，但种子决不许传给外人，因此她家里只种百来棵，每年只在清明季节采摘一次，茶叶清香，清明过后茶叶便变粗，苦涩难喝……

从龙认真地听完她的叙述，感到很诧异，细细品味

“山风”两字，突然一惊，那“山风”两字合并一起岂不是“岚”字吗？且那琵琶曲，在太乙山时候，经常听师父弹唱，是天易子最爱弹唱的一首曲。怎么也出现在这里，难道如此巧合？极有可能是岚静师姑弃佛从道改名山风道人。这一改，使他几个月来在闽越一带苦苦追寻，所有庵、堂、寺、院几乎都找遍，却得不到一点消息。

想到这里，他决定乘着月色前往探访一番。便叫杨丽先回去告诉父母，杨丽一直撒娇要跟着从龙，从龙因怕她父母担心便坚决要她先回，杨丽只好不甘心地去了。

从龙乘着月色，携起双剑，朝着歌声传来的方向，沿着山间弯弯小路，先下到谷底，又从谷底往上爬，大约共走了半个时辰才摸到一个洞口。这时，那个弹奏琵琶的姑娘，正欲回洞关门，看到从龙大吃一惊，便问：“壮士因何黉夜找到这里？是何方人氏？有什么事？”从龙一看，那姑娘二十四五岁，人品端庄，操的也是北方口音，便问：“你是杨树梅姐姐吗？”那姑娘更感诧异，反问：“你怎么知道我的名字？”于是，从龙便把自己的身世以及师父去世后几个月来寻找师姑，住到杨家的事一一告诉了她。那姑娘叫他在门口暂等一会儿，立即跑到洞里，不一会儿叫来一个50来岁身着道袍的女道长。从龙认真一看，只见她黑发童颜，仙风道骨，青春的靓丽还紧紧留在脸上。她对从龙仔细端详了一会儿，便问：“你说是天易子徒弟，有什么凭据？”从龙便取出师父的信，山风道人展开一看，只见上面写道：

静丹贤妹：

光阴似箭，固始一别，至今已有三十三个寒暑春秋矣！

三十三年前，由于奸人作祟，汝我不幸飘零南北，劳燕分飞，从此相隔万里，对月思怀；此后又由于世乱，时乖运塞，无法相聚，辜负了当年海誓山盟，时时沉痛于心，常常梦中相会，醒来抽泣，而今汝我均已垂垂老暮矣。

天易生不逢时，空怀一身绝世之术，终老于深山幽谷，不能报效国家黎民，终身抱恨。

天易一生毫无建树，至今唯一令我欣慰的是，收留了贤徒李从龙。此子忠厚仁义，聪慧耿直，七年来，他跟我修文学武，已经精通文韬武略，且智谋过人，如今论文比武均不亚于我，他日想必将成为国之栋梁。其唯一之缺陷是年轻识浅，未历风霜雨露。

今逢乱世，中原一带虎踞狼盘，魑魅争雄，没有用武之地。闻闽地得王审知精治，大有起色，他已成黎庶相拥的明主，特令他前来投奔、辅佐，望能成就一番事业。

我已身陷沉疴，即将离世，只望贤徒到闽之日，一切拜托你给予他安排指点。坚信有你的辅导，他未来一定能成就一番事业，则吾在九泉之下，心安目瞑矣！

李政拜托　丙戌年春

山风接信后，连看数遍不肯释手，泪如雨下，浸透了襟衫。诗曰：

奈何一错误终身，轻信朋交恨不仁。
三十三年孤苦度，不堪回首白头春。

更有诗曰：

泣血当初信狗熊，分飞劳燕各西东。
山盟海誓空悬挂，更负平生绝世功。

当晚，因夜已深，便安排从龙在洞里住下。杨一民夫妇见从龙一夜未归，很不放心，东方刚发白便同杨丽找到洞里来。看到李从龙安然无恙，两人便眉开眼笑，把悬着的心放下，欢欢喜喜地回去了；从龙继续留洞里，听师姑讲述了她34年来的艰苦历程……

岚静本姓杨名静丹，30多年前，与李政，还有一个毛熊，三人同是太乙山人的徒弟，一起修文学武。景福二年，王审知在入闽后攻下福州，功业取得一系列进展，而中原战乱未息，许多固始人纷纷南下入闽。此时身在固始的太乙山人已入垂暮之年，也鼓励贤徒们南下创业，他自己则回太乙山颐养天年。三人中他最信任李政，让李政陪他回去，以便将自己的祖传秘籍和一副宝剑交付给他。此事未与毛熊、静丹说过。李政走时恰逢静丹去外婆家探病未回，他只好交代毛熊，说他伴师去终南山，月余后返回，到时再与他们二人一同南下。

　　当时李政与杨静丹已是一对，曾山盟海誓，私订终身。毛熊看到他两人相依相偎，暗里十分妒忌。他虽仰慕静丹美色，但深知他二人感情浓厚，平常无法插手。现在终于有了这样一个机会自然不肯放过。李政走后十来天，静丹回来，他便欺骗她说："李政已伴师南下赴闽，先行走了，交代静丹同他一起入闽会合。"静丹信以为真，便与他相伴，随着南下人流一路颠簸月余方达闽境。在南下途中，毛熊趁两人独处，多次对她进行挑逗、猥亵，令静丹十分厌恶，对此行也逐渐起疑。

　　到达建州后，静丹便立即赴州衙查询入闽官员任职底册，查遍闽中及各州府，均不见太乙及李政名字，感到奇怪。他们究竟到哪里去了？她多次责问毛熊。毛情知无法再隐瞒下去，只得吐露真情，说他实在爱慕她，不能自拔才出此下策，李政现已随师赴太乙山去了，如今两地相隔万里之遥，加上战乱，再相聚已不可能。希望静丹能看在他一片痴情上，就便与他结为连理，他愿一生好好相伴。

　　静丹听后，恍如遭到晴天霹雳，急火攻心，几度昏厥过去。毛熊趁机抱住她吻了又吻，欲行非礼。静丹怒火迸发，大骂他："不仁不义，无廉无耻！是卑鄙小人。"不但将其一把推开，还给甩了几个巴掌。毛熊眼见下不了台，自知无法实现自己的愿望，便收拾行李欲独自离去。自己与李政这样一对佳偶，就这样被毛熊活活拆散，静丹岂肯甘心！毛熊前面走着，静丹持剑紧紧跟着。毛熊没有防备，还暗自欢喜，以为静丹终于回心转意，愿意跟他了，冷不防被静丹一剑从背后刺入直插到胸前，一命呜呼矣。诗曰：

莫醉逢迎交谊深，知颜知面岂知心。

攸关时刻狰狞现，人应提防衣兽禽。

　　静丹杀死毛熊，同行乡侣大惊失色，有人便往建州官府报告。静丹怕官府来追究，只身迅速逃往荒山野岭，一口气跑了五十多里，看看后面没人来追了方才停下脚步。这时前面出现一座庵堂，上书"普贤庵"。静丹冲进庵堂，朝着如来佛倒头便拜，一阵哭泣。住持尼姑闻讯前来，扶起她询问缘故，静丹便将自己的经历一一告知，表示愿从此脱离红尘世界，杜绝凡念，进入佛门修行。住持经一番查询后，认为她所讲属实，便同意收留她在此庵修行，不久便给剃发当了尼姑。

　　此事后来传到固始，这便是李政认为静丹已入佛门，后来要李从龙到闽地寺院寻找她的缘故。

　　静丹在普贤庵修行五年，一直盼望李政来闽会面。后来闽地一次兵乱，寺院被焚毁，僧尼四散，静丹持双剑杀出重围，从此改扮男装，凭着自己的技艺，沿街演艺卖药，走遍闽境各地。那时她还在盼望能遇到李政。

　　而李政在得知静丹和毛熊一同南下而不等他时，认为她已跟毛熊好上了，所以看破红尘死了心，便重返终南山陪伴师父去了。直到几年后，闽地有人回固始，说了毛熊被杀，静丹当尼姑的事，他才如梦初醒，知道是自己误会了她。但他又迂腐地认为她既已身入佛门，必然断了红尘六念，两人重合已无望。因此也不想再来闽地了。

静丹长街演艺，实则是在等天易来，这样又度过三年多，辗转到了长溪县境内。

这一天，她在街边放下行装，摆开架势，一阵花拳绣腿，引来众多围观群众，赢得一片喝彩声。就在这时，旁边闪出一个黑大汉，双脚一横，堵在中间，要她停下来，说这里是他的属地，凡到这里卖艺的都要先交租金，否则不准摆演，立即退出。静丹问他要交多少，那黑大汉用手掌比画一下，说是5两银子。静丹问他："不交会怎样？"他说："不交你就滚出去！"静丹伸出拳头说："你要钱，先问问我这拳头答应不答应。"那黑大汉直冲上来，朝静丹一拳落下。静丹往旁一闪，一个扫堂腿，将黑大汉扫倒在地，跌得鼻青脸肿。旁边群众一阵哄笑，也有喝彩叫好的。黑大汉爬起来满脸羞惭，却恶狠狠地对静丹说："有种的你不要跑，且看老子收拾你……"

原来那黑大汉是当地有名的恶霸无赖，名叫刁三。他圈养着一群流氓地痞，在当地横行霸道，无法无天无恶不作。连官府也畏他三分，对他的事睁一眼闭一眼，不敢惹他。旁边有的群众纷纷劝静丹快快离去以免吃亏。静丹笑了笑说："不用怕，且看他如何行动。"

这时远处杀声震天，一群提刀弄棍的凶神恶煞直朝静丹包抄过来，这正是：

山头未见起云雾，平地狂风骤雨来。

究竟静丹如何抵挡，且听下回分解。

第七回 追神兔 析诗开仙屋
寻失剑 妙计取猴窟

诗曰：

> 演艺长街盼凤銮，锄奸杀虎上深山。
> 模人学剑称猴智，一篓香蕉换笑颜。

上回说恶霸刁三带了十几个歹徒，将静丹团团围住。静丹不慌不忙，纵身一跳，跳到近旁一垛墙头上，观察一下地形，又一跳跳到一个巷口。那个巷口狭窄，只能容一个人进出，两个人都无法行走。于是刁三那伙人只好排着长蛇阵前往交战。尽管他们大声吆喝"冲呀冲"为自己壮胆，但冲到前面的却只有一个人。静丹挥舞双剑，将来者的刀、枪、棍、棒一一击落，冲过来的第一个歹徒左手被砍断五指，第二个被砍断右手手腕，第三个肩膀中剑，第四个左腿砍伤，第五个……看到一个个都负伤退下，轮到最后，刁三不得不亲自出马，硬着头皮咆哮着拎起朴刀冲上前来，不到两回合就被砍断双手，这伙人哀声四起，纷纷逃走了……

诗曰：

吸血抽腥食万家，横行霸道地头蛇。

如今遇到强中手，爪断牙丢到处爬。

这时围观群众一片欢呼声，他们看到这伙平日横行乡里无恶不作的歹徒，如今个个都被打伤打残，无不欢呼雀跃。两个年轻小伙冲上去，从左右两边把静丹抬了起来……

忽然间，那两个人"呀"了一声，赶忙放下，而羞愧地往人群中逃去。众人不解其故，问他两人也不肯回答，只顾急急地跑，一会儿便没了踪影。

原来他们抬起静丹时，发现她皮肤细嫩松软，有点不似男人的样子，又看见她耳垂上有穿戴耳环痕迹，方知她是个扮男装的女流。

静丹看到自己的身份暴露，也不敢再在此地逗留，急急地收拾行装，跑到岸边，雇了一条小船径直向大海驶去。

静丹因秘密暴露，自己一个人只顾匆匆忙忙急着离开长溪县，尚不知前往何处。船家问她，她一时说不出地点，只一直朝西指，而船上开船的又只是一个男船夫，她更害怕有所闪失，惴惴不安，在船上一夜都不敢合眼。天明时，船夫告诉她已到峭源地界，她才想到这里是宁川。她曾听过"霍林洞天"的传说，离这里不远，是道家名山，霍桐真人隐居修炼地点，于是便决定前往一探。

当日春暖花开，由于一夜未睡，此时睡意蒙眬，她想找个地方躺下来休息一会儿。她沿路向上一直走了约五十里，都没找到适当的地方。到达一个山头时已是中午。此处林深树密，旁边有块大青石，她躺上去，刚要合眼时，忽然对面山上有人大喊："老虎来了！"她抬头一看，发现山路上有两只红毛黑斑的大老虎，正向一家三个人冲去。一只雄虎把那男人咬倒，衔着前行，想拖入林中；女人被吓昏倒地；旁边一个小女孩在哭泣。而另一头雌虎正奔向小孩。万分危急之际，静丹飞步上前大喝一声："畜生，休得猖狂！"那老虎转过身来，怒吼着，张开血盆大口朝她扑来。她往旁一闪，老虎扑空，她抡起双剑直朝虎头刺去。老虎哀号一声滚到一边，抽搐几下不动了。雄虎见状，丢下口中男人直朝静丹扑来。静丹又一闪，闪到老虎背后；老虎转身时颈部咽喉被双剑刺中，立即毙命。

诗曰：

有意无心霍路行，谁知竟遇大虫横。
英雄双剑闪光处，虎血飞花虎目瞠。

这时，埋伏在山下林中，带着老虎头具的一队六个打虎人，举着虎叉冲出来，伸出拇指大声呼号，称赞静丹是打虎英雄，说要帮静丹把老虎抬到县衙领赏。

静丹问明情况，原来此山近日不知从哪里来了两只老虎，已伤了五六个人。县里出榜召集打虎队，限期十天内捕杀，今已过七天。这天他们六个人带着虎叉、弓箭等上山，却见到两虎在一起，怕不敌而不敢动手；躲在山下林中寻找机会时，却发现老虎伤人，他们又不敢出来相救。

正干着急时，见到静丹一个人冲上去，只几剑便杀了两只老虎，他们如释重负，纷纷前来祝贺。静丹问他们是否认识被老虎咬伤的人，其中一个猎户认识，说他们是白马山上一家采药户，他曾去过他家买药。于是静丹告诉他们说，老虎她不要，他们抬到县衙领赏去，但条件是先把那一家子先送回白马山家里。这六个人凭空得了两只老虎，自然十分乐意，便到山下找了两副担架，抬着两个大人和一个小孩，领着静丹，一路直向白马山走来。整整走了一天一夜，第二天中午才到达。这时那男人已伤重去世，女人也已清醒。

当那女人知道是静丹救了她一家后，便直朝静丹跪拜，感谢"大哥"救命之恩，但听到自己男人已逝，便大哭连天，又一度昏厥过去。静丹再次扶起她时，她以为自己被一个青年"男人"扶着，又羞愧，又尴尬。静丹知道是她误会了，便在大家都走后直接向她亮明身份，她这才安下心来。静丹暂时无居所，就与她住在一起。她比静丹大五岁，两人商定在外以姐弟相呼，在内以姐妹相称。外面的人不知道，以为她们二人已成配偶。

这个女人姓黄名彩珠，娘家在霍山，这次因母病危，才和丈夫以及两岁女儿一起去探问，不料回来路上遇虎。丈夫身亡，她虽有静丹相伴，但终因伤心过度，半年后病逝，留下两岁的女儿。

静丹连杀两虎之事，后来因打虎队六个人分赏不均，吵了起来，暴露了真相。许多远在数百里外的人也特意跑到白马山来，看访打虎英雄。不久此事传到闽中，王审知此时正网罗人才，听闻她武艺高强，便派个特使，带着重礼前来邀请她去做官。静丹因自己是女儿身自然不敢答应，便虚与委蛇，谎称目下身体不适，待恢复后前往闽中就职。使者走后，静丹料理好黄彩珠的后事，便带上她女儿，搬到现在所居住的附近，搭起草屋。因此处偏僻，罕有人至。一切安顿好后，又在原来的草屋放上一把火，烧个干净。此后静丹便脱掉男装，穿上道袍，迁到新居，改名山风道人。彩珠女儿也经过一番改装，取名杨树梅，先以义女后以师徒相称。外人认不得她们，就这样两人相依为命，便在这白马山上住了下来。

听罢师姑叙述，从龙不禁满脸泪水。他和师父从来不知道师姑有这样的一段寒霜岁月，他对师父、师姑这对恋人海枯石烂、矢志不移的坚贞爱情十分羡慕。杨树梅虽然跟随山风 20 多年，亦从未听她说过此段经历。

王审知死后，闽境国风日下。他二儿子王延钧杀兄自立，造成几个兄弟间互不信任，各自拥兵自重，内讧已不可避免。山风道人就劝李从龙切不可去投奔，先在这里住下。

听完静丹叙述后，从龙又问师姑，后来怎么找到如此清净仙居，杨树梅就补充叙述了迁移来此洞居住经过。

杨树梅 7 岁那年，一天她上山采药，见到一个小白兔朝她走来，她就上前去捉，那兔便跑，她追到洞边，那兔子往一个小洞口一钻就不见了。她只见洞门紧闭，上下长满青苔，完全看不出是山洞的样子，感到奇怪，用尽办法去撬，始终打不开。当晚回来告诉静丹，静丹跟她说那可能是神仙居所，不可硬砸。当晚静丹入梦，梦见一个仙人，银装道袍，手持拂尘不说话，只一抖现出两行字：

青云羽化已登仙，留此原居供后贤。
若问洞门开启日，七重岁月九重天。

　　静丹一觉醒来，知是仙人指点，便细细品尝这首诗，特别是最后一句"七重岁月九重天"，便问树梅洞边还有啥发现。树梅想了想说："那门边还有一块石碑。"她略识几个字，那是"丁丑封立"。静丹屈指一算，今年是丙寅年，离丁丑年已有49个年头，"七重岁月"那七七重起来，恰是四十九，那年份应在今年；"九重天"，九九是八十一，从年初算起，应是三月二十二，今天是三月二十一，恰好是明天。于是她就备了香烛供品，第二天一早同树梅找到洞口跪拜。不一会儿，突然乌云密布，雷鸣电闪，一声霹雳，大门洞开，师徒二人径直走进，只见洞内橱床椅桌用具齐备，清洁无尘，经书史籍堆满书架，墙上还挂一把宝剑闪闪发光。静丹取下一看，剑鞘上书"倚天剑"三字，不禁喜出望外，呼来树梅一同跪拜，感谢仙人赠与之恩。

　　从此，她们师徒两人就在这里读书修武，苦心修炼一直度过20年。

　　……

　　这天上午，杨树梅便带李从龙游遍了山前山后，看了一片片茶果园。她告诉李从龙，这茶树是仙人青云道人留下的，她到这里时，只在洞门上发现一棵，年年只开花不结果。茶叶清明时节异常清香，清明过后便苦涩难饮，但却能治病，平时伤风感冒或是肠胃不适，只要一饮立即见效。此树到兔年时才结一次果，所以她和师父便将此树用扦插方法，逐年扩大培育，至今育成这一片三千多棵茶树，用来配药治病，救治穷人。由于山风道人居处偏僻，一般不与外界接触，无人知道。药物都是通过杨一民夫妇去接济外人的。

为住宿方便，山风要李从龙暂时留住在杨一民家。杨一民夫妇很高兴，杨丽更高兴，她要李从龙日夜教她练剑。

这天晚上，明月当空，四周无云，杨树梅约李从龙、杨丽一同到山头舞剑，自己却抱了琵琶弹奏伴舞。一时悠扬的乐声传遍深山野谷，她边弹边唱：

> 群山万壑赴荆门，生长明妃尚有村。
> 一去紫台连朔漠，独留青冢向黄昏。
> 画图省识春风面，环佩空归夜月魂。
> 千载琵琶作胡语，分明怨恨曲中论。

从龙知道此是诗人杜甫咏怀王昭君之作，便与杨丽各执双剑，翩翩起舞。舞兴正浓时候，杨丽发现远处树林旁边一片空地上有两只猴子，各拿着两树枝也学他们翩翩起舞，感到好笑。他们走近一看，猴子一闪，急忙躲入了林中，不见踪影；待回头再舞时，这两个畜生又跑出来学着人样舞起来，如此再三直到深夜，他们舞罢回去，那两猴子也径自走了。

从龙因日间漫山遍野跑了一天，加上舞剑到半夜，感到疲倦，一躺下便呼呼大睡了。四更时，忽听屋顶响动，他一骨碌起来，只见屋顶上被扒开一个大洞，挂在梁上双剑不见了。他急忙冲出屋外，只见远处两条黑影正朝林中窜进，他追进林中却再也找不到踪影了。

丢了双剑，从龙顿感天昏地暗，不知如何是好。此剑一旦落入恶人之手，将给天下带来无穷灾难。他等不到天亮，便唤起杨一民一家人，一同到山风洞里商讨对策。

山风听完他的陈述，看到他们紧张的样子，却微微一笑，劝他们不必惊慌，她断定这双剑是被猴子偷走了。她在这里住了20多年，熟知猴子习性，知道它们喜爱模仿人的动作。她认为如果是恶人偷剑，肯定还会对你动手。这肯定是畜生的恶作剧。按山风安排，第二天晚上他们继续摆出头天排场，由树梅弹琵琶，从龙、杨丽舞剑。舞了一会儿，果然看见那树林附近又出现两只猴子，一个拿双剑，一个拿树枝，也学着舞蹈。从龙张弓搭箭，正欲朝拿剑的猴子射出，山风急忙制止，对他说："禽兽无知，但它不会伤害人，切不可加以滥杀，以至树仇结冤，宝剑暂寄它处无妨，另图良策取回。"

为寻找猴居，第二天，从龙和杨丽寻遍白马山东西两边山头山谷。中午时分，遇见一个小羊倌赶着一群羊羔朝山上走来。杨丽认识他，他名叫苏杰，家在山东头西峡附近居住。前年他因患疾，吐泻不止，是杨一民夫妇用药救了他。那小羊倌一见杨丽便亲热地称呼起姐姐来。杨丽问他可否知道猴子的居住地，他告诉杨丽，猴子洞穴就在他家附近。它们经常到他家果园偷吃水果瓜菜，特别爱吃香蕉；他父母对猴子亦很亲近，从不伤害它，因此猴子对他家人并不害怕。他问杨丽什么事，杨丽告诉他猴子偷剑的事，他说那不必担忧，拿回来很容易。便跑回家里，叫父亲拿了一篓子香蕉，朝洞口一放，果然那两只猴子闻香便都出来了。他父亲一根一根地喂着两只猴子，他便乘机爬到洞里，果然看见那双剑，便拿出来还给从龙、杨丽。那猴子看见本想来抢，但看见是从龙、杨丽，知道是剑的主人来要，自然就罢了。

从龙顺利地取回双剑，感谢小羊倌父子一番，和杨丽欢欢喜喜地回了家。这正是：

天昏地暗疑无路，雾遣云开月又明。

后事如何，且听下回分解。

第八回　痴女寻夫　托梦神庙
　　　　恶徒劫舍　惊遇绿林

诗曰：

> 未信人间报应灵，恶徒仗势任横行。
> 谁知路狭山深处，竟有绿林惩不平。

上回说到李从龙在小羊倌帮助下，双剑失而复得，从此他就住到杨一民家，同杨氏夫妇及杨丽一起，日间在田园劳作，培育茶树种蔬修果，夜来与杨丽月下吟诗舞剑。杨家附近渐渐开辟了一大片茶果园，所产茶叶大多供做杨一民夫妇配药之用，医好了当地不少群众伤风痢疾等疾病，很得当地人们赞扬，此事渐渐传遍了白马山远近乡村。

且说在长溪姑姑家居住的黄文、黄素贞兄妹。一年前，姑姑主媒，将黄素贞配与李从龙。李从龙走时，原答应找到师姑，得到认可后前来娶黄素贞，现已过一年多却一直未得到从龙消息。前一段陈飞又到过长溪寻找李从龙，请他去闽中王府做官，也不知去否？黄素贞因过分思念，经常梦里相见，醒来空床，不禁暗中流泪，茶饭不思，日渐消瘦。黄文规劝无用，只好跟姑丈、姑姑诉说此事，并提议带她到白马山走一回，看看从龙是否在那里住着，是否已找到师姑。

在得到杨大振夫妇同意后，黄文带着素贞雇船渡海，进入宁川境界，然后从蒲岭登上白马山，因沿途听说黄岳神灵灵验，这一天便来到筠竹坪黄岳庙前。

只见人山人海，四面八方来的善男信女络绎不绝。他们焚香秉烛，设供求签，有求神托梦的，有报恩还愿的，有祈求生意兴隆财源广进的，有祈求人寿年丰合家幸福的……黄文兄妹也备了一份丰厚礼品供上，准备当天晚上祈神托梦。二人跪拜完毕，正跟住持商讨时，旁边闪出三个人，二男一女。那女的入庙时曾缠过黄文，这下子便强抓住黄文衣襟说："客官请出来说话。"黄文不知何故，被强拉出庙外，定睛一看，那女的二十八九岁，肌肤粗糙，涂脂抹粉，打扮得妖模怪样，一双妖眼直盯黄文。她上下打量后，便附到黄文耳边说："客官，这个庙宇菩萨是当地人造的，根本不灵，托梦是假的。我昨天三个人花了大把冤钱买供品，来这里住了一夜，什么梦都未求着。你若要求梦问事可前去我家乡镜江，离这里不远，那里有个白马寺，建寺已十多年，佛祖十分灵验。"黄文听了，正狐疑间，只见那个住持跑了出来，指着女的大骂："你这个婆娘，竟敢毁谤我家神灵，昨天已一次，今天又来，只恐要受到报应的……"说着时，那两个男的跑过来将该女拖走说："不必跟他争，客人自会知道选择的……"这是什么一回事呢？

原来这三个人家住白马山东南方向一个叫镜江的地

方。那大个男人名叫张巫来，40多岁，是镜江一大户人家，是个为富不仁、横行乡里的恶棍，他祖上五代前曾在白马山居住务农，后来因算命占卜发了大财，便搬到镜江，至今已传至五代。那小个一点的男人30来岁，叫张巫四，是张巫来家奴，诡计多端，人称"小诸葛"。那女的名叫张巫真，是巫来妹妹，今年29岁，绰号"母夜叉"，因淫荡过度，人见人怕，至今尚未嫁人。巫来已有一妻一妾，还想再找个偏房。

这一天，三个人游山玩水来到白马山黄岳庙前，一眼便看上了黄文兄妹。巫来看见黄素贞天姿国色，便垂涎欲滴，恨不能马上抱到怀里；巫真看见黄文这个美郎君也是饥渴难忍。三个人商量了一会儿，由巫四先找黄素贞，谎说他那里的白马寺如何灵验，有求必应。黄素贞因找李从龙心切，不知其故，便答应待与哥哥商量后可前往白马寺一行。接着便由巫真寻找黄文。黄文进庙刚坐下，她便紧挨着身边坐下。黄文急忙往旁退让一尺，而她又紧挨着挤过来，连退三次她紧挨三次。黄文实在不好意思，只好站了起来，她便拉着黄文衣襟把他硬拉到庙外讲话，目的是把他兄妹骗到自己地界以便更好行事。

黄文被缠得几乎要吐，只听住持出来大骂，这一骂使他知道这帮不是好人，便不予理睬。这三个人还想辩解，却遭到在场男男女女同声指责。因激起众愤，这三人不敢逗留，急急忙忙朝山上走去，也无暇再来诓骗黄文兄妹了。

当晚黄文兄妹在庙住持安排下，便在庙中住下，各自托了一场梦。

黄素贞一躺，便深深进入梦乡。她看见一个仙女手提花朵，驾云而来，携着她登云飘到绿竹林中一宫庙，门内全是翩翩起舞的美女。门神拦住不让进，那位仙女告诉门神说，是黄岳忠烈王特地安排来见观音菩萨求问婚配的，门神方才让进。观音大士端坐在堂正中白莲座上，一旁有红孩儿陪着。素贞跪拜，求问菩萨，说她寻找未婚夫李从龙，不知现在何方，请指明方向。观音手一指，那红孩儿随即展开一个绢幅，上书四句：

　　横遭恶虎直遭狼，又历洪炉又赴汤。
　　三尺冰融风雨后，茶山深处有情郎。

素贞想再问时，那红孩儿招手，仙女便过来带她离开。刚出宫门一步，仙女一推，便跌下云头，一觉醒来⋯⋯

黄文入梦后，却由一位持仙拂使者带进神宫，抬头一望，那主位神君即与日间庙中所见相同。他陈述来意后，神君即让使者从座上取下一幅画，黄文一看竟是白马山风景画，上有四句诗：

　　蓬莱山上白云飞，天女乘风下翠微。
　　千里姻缘相会日，人间恶煞断魂归。

黄文看罢，使者送出宫门，也被推下云头⋯⋯

早上起来，兄妹二人互述梦中所见后，便径直到庙堂中恭敬朝拜，感谢岳王指点迷津。从梦中观音、岳王所指可以知道，要找的李从龙就在此山中，于是他们便收拾行装朝山上走去。

兄妹踏着春光，朝前山、高中洋一路走来，刚进沃里，这时山旁遍野是羊羔，看到一个小牧童正在唱着：

白马山高入云端，长年百花开不断。
杜鹃春日红艳艳，茶花开放千里香……

他便询问牧童，此处附近有否庵堂寺院？这牧童便是苏杰，告诉他，白马山下东向临海处有一白马禅寺，但离此处甚远，半天走不到，并问他："你找寺院为什么？"黄文说要寻找一位朋友。苏杰感到奇怪，便问："你朋友是否去修行了？"黄文说不是，苏杰更感到不解："这里高山荒野，只有采柴樵夫和采药山民，你的朋友怎么没事跑到这里来？"黄文未答，却又问："此处山深林密，可否有豺狼虎豹之类？"苏杰告诉他，虎豹豺狼没见过，猴子倒有两只，但不会害人。于是他便把猴子偷剑学舞以及他帮助壮士找回宝剑的趣事告诉黄文。黄文兄妹听后一阵惊喜，便细问那壮士年龄相貌。他二人终于肯定那位壮士就是李从龙，便请苏杰带着他们，找到杨一民家里。

在门前茶果园中，黄素贞一眼见到朝思暮想苦苦寻找的李从龙，不禁一阵泪水直落。旁边杨丽看见感到很奇怪，回头暗问妈妈，她为什么见人就哭，是什么缘故？苏娟笑了笑说："傻丫头，你懂什么，长大后自然会知道的。"便附在她耳边嘀咕一番，杨丽天真地笑了笑。

　　李从龙和杨丽又带着黄文兄妹，来到山风道人洞中。山风一看这对如画般的兄妹，自然十分高兴。经过一番闲聊，感到黄文知书达理，熟读经史，是个不可多得的可塑人才。她原来对杨树梅的婚姻大事很揪心。看她在自己身边一年年长大，已经年近三十，还没找到合适人家，只恐又会和自己一样误了青春，孤身一辈子。李从龙来后，人虽很合适，本想给予撮合，但考虑到女大六岁，故一直犹豫，闷在心里不敢开口。后听说李从龙已有黄素贞婚配，便断了此念。如今听说黄文年方二十七，树梅只大一岁半，正合适，心中一块石头总算落下一半。

　　当晚便安排李从龙和黄文兄妹在洞中住下。几个人一直长谈到午夜。

　　此后两个多月，黄文兄妹便在杨一民家住了下来，一起从事茶果园的种植。

　　张巫来在黄岳庙前被逐后，心中闷闷不乐，夜夜梦中与美人黄素贞相会，醒来身旁却躺着丑妻丑妾，心有不甘，过了几个月便唤巫四前往宁川白马山一带探一探，看看那美人儿是否还在。

　　巫四这一天再次来到黄岳庙前，听到几个老妪在议论，一老说杨一民家药茶很灵验，他儿子患吐泻，一个多月未愈，到他家只一帖药便止了；另一老妪说："杨一民家最近来了一对客人兄妹，貌若天仙……"巫四听后认为可能就是黄文兄妹，一阵窃喜，便假装说他家兄长一个月来吐泻不止要买药，便询问杨一民家住处，那两个好心的老妪便给了详细住址。

巫四依照老妪的指点，大约走了半个时辰，找到杨一民家门口茶果园。这时恰好看到杨丽和黄素贞在修剪茶树。竟有两个美人儿！他一时魂飞魄散，便跑过去问黄素贞："上个月答应了的，为什么不去白马禅寺烧香？"素贞告诉他，神仙托梦叫她留在此地，所以不去了。巫四随即客套了几句便悻悻地走了。

回到镜江后，他把探得的喜讯迅速告知巫来。巫来详细询问了他的找人经过，并问他有什么办法能骗得她们来。巫四想了想说："现在要请恐怕是请不来了，她们已坚信神仙托梦，再说也打动不了她们，唯一方法是去抢！"巫来问："平白无故去抢人家女儿，官府追究怎么办？"

巫四笑了笑说："这很容易，我们家祖上不是在白马山居住，并开辟过一片田园吗？现在已过去一百多年，具体情况附近都没人知道，我们只说杨一民家那一片土地是我们祖上的，现要去收租，要他们拿百两银子当租，拿不出就抢人抵租。那里属长溪县，我们这里是连江县，把人抢回来长溪官府也不好来处理，连江这边县府如果有必要送上一笔厚礼，他们也就会爱管不管了。"

巫来听后，拍手大笑说："你果然是小诸葛，名不虚传，我就依计行事，明天带上十来个人，把那两个美婵娟抢回来，大的给我，小的就赏给你好了……"巫四听后自然喜不自胜。

说话间，巫真跑出来说："好，好，你们竟敢策划打家劫舍，去抢人家美女，要是官府抓住，一刀砍……"一边说一边用手比画砍头的样子。巫四笑着说："你不是朝思暮想那个美郎君吗？那明天也一起去，我们抢母的，你抢公的好了。"三人一阵浪笑。

张巫来、巫四、巫真带上十几个家丁，拿上刀枪剑棍，全副武装，直奔白马山杨一民家而来。

这一天，山风想把青云道人秘籍传授给李从龙，便叫他来洞里与杨树梅一起学修，听她传授，故此不在杨家。

张巫来十多个人，凶神恶煞地冲到杨家门前。这时杨一民夫妇和黄文兄妹正在修剪茶树，杨丽在喂鸡。张巫来走过去，展开一张所谓"山契"，说此山是他祖上地方，他们占用了一百多年必须补交租钱。苏娟大感奇怪说："听我父母说，他到此处时一片荒土，在这里住了五十多年，从未听人说此山原来还有什么原主……"巫来不由分说便道："租金交不交？不交便抓人去顶，拿银子一百两来赎。"

这十几个凶神恶煞便冲过去，见人就打，见物就砸，一霎时把三间房屋夷成平地。杨一民夫妇被打得全身是伤，倒地呻吟；黄文头被打昏，一个歹徒冲上前要结果他性命，却被巫真喝退；巫真背起黄文又摸又吻，得意地直朝原路回去；巫来叫两个歹徒分别背起黄素贞和杨丽回家；家中所有财物更是被洗劫一空，一园子茶树蔬果全部被打得东歪西倒。

这时在对面山上放羊的小羊倌苏杰看到杨家被砸，黄文、黄素贞和杨丽被抓，立即飞跑到山风住处报告。李从龙听后痛哭失声，完全想不到这般人会这么横行无忌。山风告诉他们，现在原路回去来不及了，此处通镜江山下，有一条捷径可往拦截。她叫从龙、杨树梅二人立即化装，装成绿林大汉模样，各带上刀剑，沿小路直插镜江而去。

大约走了一个时辰，他们到达镜江交叉路口。这时远远听到山上有女孩的哭声，他俩便在林中埋伏下来。哭的正是杨丽，等他们走近，两人拔出宝剑，堵住路口，大声喝道："过路的留下买路财来！"巫来一听，轻蔑地笑了一下说："何方小子，今日敢来我地界放肆，你们可否听过镇山虎张大爷张巫来名字？快快给我退下，否则格杀勿论！"李从龙喝道："俺不管你是脏无赖、臭无赖，在我面前统统是蛤蟆癞，癞蛤蟆赖不了；也不管你是真山货（镇山虎）、假山货，统统把你送去阴曹地府。若要性命，把财物全部放下，否则就送你去见阎王老爷！"张巫来提着朴刀冲上来，李从龙双剑一举，只两个回合便把他左腕砍断，鲜血淋漓。其他十个歹徒倚仗人多，围上来与从龙缠斗。从龙挥动双剑，只见枪刀一一落地，十个人全部中剑，有的被削去五指，有的砍断了手臂，还有腰腿中剑的，哀号连天，争先恐后朝山下逃了。诗曰：

> 小人得志发横财，饱暖春回淫欲开。
> 仗富霸行天不允，雷声响处一头栽。

巫真背着昏迷的黄文，本来走在最后，一看形势不妙，慌忙抄另一条小山路逃跑。杨树梅一眼望见，便飞步前往拦住，叫她放下。巫真辩道："我男人上山跌伤，我背他回家干你何事？"树梅轻蔑一笑道："汝这个臭猪婆，已经烂臭闻于千里，人看了都要掩鼻呕吐，今日还敢随便认男人做丈夫，试问羞不羞？"她看见树梅是一个绿林大汉，手中提着双剑，怕吃亏，便放下黄文，反身往山上逃去……

这一去，有分教：

> 长宵美梦会郎君，一醒额间生丑痕。

欲知张巫真性命如何，且听下回分解。

第九回　图复职　温黜官设局
受蛊惑　袁妖道下山

诗曰：

世间万恶首为淫，人若纵淫失众心。

多少王朝丧酒色，洁身莫许色魔侵。

上回说到，张巫真抢黄文，路上碰到化装的杨树梅，以为是绿林大汉，急急忙忙丢下后反身朝山上逃去，树梅一个箭步上前拦住，喝道："且慢，你这个妖婆，既然敢来抢男人，那该给你留个记号以便日后好见人。"令她跪下，巫真不断痛哭求饶，树梅不予理睬，在她额头上用剑划了两剑，成一个"×号"，说："你这个母夜叉，现在名副其实了。"

惩罚完恶人，树梅背起黄文，从龙解开素贞、杨丽的绳索，夺回被抢财物，一起沿着林间小路走回山洞。那张巫来则由一伙负伤的歹徒扶着，像丧家狗一样一步一步失魂落魄地爬回镜江。沿途民众看见这伙恶人也有今天这般狼狈下场，个个暗中称快。有人问他情况，巫四说不知从哪里来了两个绿林强盗，武艺超人，被他们拦路抢了。听者表面表示同情，其实暗中个个幸灾乐祸。

杨一民夫妇在家久久等不到从龙，内心焦急。小羊倌苏杰跑来告诉他，树梅、从龙去拦截那伙恶人了，他俩心宽了很多，便一步一步踱到山风山洞。

张巫来回家后，立即修书向连江县府报告，说白马山出现绿林强盗，请县府派兵前去搜捕捉拿。县官看后，认为白马山不属于连江县管辖，不宜派兵去，便差人前往调查此事。当地群众反映，张巫来横行乡里，欺压百姓，曾几次来白马山行凶，此次是带人前往白马山毁屋抢人抢财物，回去路上被拦截，想必是绿林豪杰路见不平拔刀相助。县官听后，认为张巫来咎由自取，便不再理他，叫他去找长溪县告状，说那里是长溪管辖地界。

长溪县官早就听说张巫来横行乡里，也常常有宁川一带群众来告他的状，这次他自己跑到长溪县界犯事，抢屋伤人在先，活该受到惩罚，绿林豪杰出于义愤惩治恶人是正义之举，故亦推辞不予受理。

杨树梅、李从龙得胜回来后，和杨一民夫妇收拾被毁的房子。杨一民夫妇长年给穷人治病不收钱，很受当地群众爱戴，很多人都主动帮助他夫妇，很快重新盖起了三间茅屋，比原来的更为宽敞明亮。

张巫来一伙人，这次偷鸡不成反蚀一把米，个个都受伤致残，心里不甘，不久又派人到白马山探访。打探的人回去报告说，杨一民又盖了新房，还在那里经营茶果园并卖药；住在新屋的除了黄文兄妹，还有一个身材魁梧的男子。这男子的模样，竟跟他们路上遇到的绿林大汉一个样，张巫来断定路遇的绿林汉就是杨一民的亲友。

这一天，巫来和巫四正在家中里屋疗伤，门丁报有客人来访，巫来到大厅一看，是多年未见的连江县好友汤家温。汤家温是他幼年朋友，原在王审知手下供职，10多年未见。故友重逢，巫来欢喜异常，就问他来此地的缘故。

汤家温十多年前投到王审知帐下，因战功卓著被提拔为一名殿前武将。王审知死后，他跟从王延翰供职，与延翰关系亲密。丙戌年十二月，王延钧勾结王审知养子王延禀杀了王延翰自立，汤家温考虑到自己与延翰关系紧密，怕被累及，因而径自弃职逃离，回到家乡连江县，闲赋在家。这次因母亲几个月来泄泻不止，闻说白马山有神茶可医此病，便寻到故友张巫来家来，看看能否拿到此药。

张巫来从上白马山抢人被砍伤致残后，心中愤愤不平，无时无刻不在思图报复，只因自己及家徒多已伤残，实在无力实现。现在故友来访，觉得机会从天而降，便把自己扮成受害者，诬蔑杨一民夫妇是恶霸，霸占了他祖上茶山神茶，上个月去讨要时被他勾结绿林强盗打伤致残；曾去告过状，但长溪县和连江县衙都因畏惧强盗而不加处理……他添油加醋地大说一通，请汤家温回去后求闽王派人带兵前来收剿绿林强盗。汤家温突然想起，在闽王殿下曾听陈飞说过在白马山遭遇好汉李从龙的故事，此人武艺天下无敌。他细问了"强盗"的面貌、身材、年岁等，巫来说的与陈飞所说几乎一样。他意识到此人就在白马山上，就是巫来所说的李从龙。他再细问时，巫来却说强盗有两个，另一个年岁稍大，大约30岁，而且两个人都长得眉清目秀。这就使他纳闷了，难道李从龙还有兄弟？他心中暗想，如果能把此二人请到闽王殿下供职，那王延钧肯定会感谢自己，不但不会再怀疑他过去效忠王延翰的事，还很可能把他列为亲信而加以提拔重用，他回到闽王府供职便更威风了。想到这里，他便对巫来说，他想先去白马山一探，看看具体情况回头再做决定。巫来就叫派了一个叫张巫古的小奴才跟他一起去。

第二天一早，汤家温备了礼物，由张巫古带路，翻山越岭，走了一个上午，中午到达杨一民家。门口看到苏娟，便说母亲有病求药。苏娟热情地接待了他，根据他所说的症状开了药，告诉他服法，并留他中午用餐。黄文兄妹回来，汤家温眼睛一直盯着黄素贞。苏娟在旁边看见，感到此人恐是异类，便把素贞叫到里屋，嘱咐她迅速避开。素贞一走就不出来了，家温感到很失望，想了半天，便问黄文：“听说有一个叫李从龙的英雄，现在是否在白马山？”苏娟听见，便给黄文丢眼色。黄文反问他：“你找他有啥事情？”他说：“我在闽王王延钧帐下供职，这次因母病回连江，闽王因听过陈飞介绍，一直十分羡慕李从龙，希望他去闽国担任大将军之职。”他还说王延钧即将称帝，去他那里日后大有前途。黄文本来上次同陈飞去长溪时听说过此事，正要开口，苏娟又使眼色，于是话到嘴边又咽下去，便对汤家温说：“我不认识什么李从龙、从虎，这里没有此人。”汤家温看他前后对话有些异样，亦半信半疑地说：“闽王羡慕此英雄久矣，先生如有遇见，请一定代转闽王问候，请他出山，协助闽王成就一番事业，则先生亦有功于世矣。"说罢悻悻地告辞。

汤家温回连江后，将配药按苏娟交代的煎好，只给他母亲服一帖，就立即见效，泄泻止了，他大声惊呼："神药，神药啊！"这时，他旁边一个叫家馨的堂弟听见，忙问其故，他便把去白马山的经过说了一遍；特别说到黄素贞美貌，家馨听后馋涎欲滴，提出要跟他一起去一趟。汤家温回连江后，黄素贞的样子一直在他脑中徘徊，日里精神恍惚，夜里难眠，想来想去最后还是决定跟家馨再去走一遭。他这次去，不想让巫来知道。他心怀三个目的：其一是见到李从龙，如果能请他出山，是大功一件，王延钧今后一定会重用他；其二是设法将药茶配方弄到手，或将茶种移到连江栽种，可发一笔大财；三是见见日思夜想的黄素贞以解相思之苦。

于是，他就和汤家馨一起，备了一份厚礼，径直抄越罗源直往白马山行来。

这一次他吃了闭门羹。到达杨家时，时近中午，大门紧闭，一家都到山上采药去了，他敲打了半天门没人应。其实苏娟在远处早就看到他来，吩咐大家不予理睬，不要回来。他等了一个多时辰，实在不耐烦了，便把礼品放在门口，到小山路上去溜达。走了一段路，看见黄素贞和杨丽在不远处采药，一阵兴奋，便走了过来。黄素贞不予理会，问话也不应；家馨走到杨丽身边，一声声小妹地叫着，杨丽也不理。汤家馨见山上山下没有什么人，竟色胆包天，把杨丽抱入怀中。杨丽大叫一声："从龙哥快来，强盗抢人啊！"这时李从龙身佩双剑从远处林中飞跑下来。

汤家温见到真正的李从龙出现，又惊又喜，赶忙跑过去就地一跪说："大将军在上，请受小将一拜。"从龙理也不理地说："谁是你的大将军？"家温说："将军息怒。闽王思念将军久矣，因得不到消息，特派小将前来查访，今日幸会，望将军跟随小将前往闽中就任。闽王不日即将称帝，有大将军辅佐，则闽国幸甚，天下幸甚矣！"

从龙扑哧一笑说："什么闽王、闽国？有其奴，必有其主，就你两人今日表现，谁还能信得过？"他向前一跃，抓起家馨的衣领举剑欲杀，家温、家馨两人慌忙跪地求饶。家温说："小奴才不识泰山，一时之错，望大将军宽容大量，饶他狗命，我等感恩不尽……"从龙说："似这等人渣留在世上，他日必定害人。"便一手提起家馨，往山下一扔，抛出十几丈远，直落岩下。回头对家温说："今日只惩罚他，饶他狗命不杀，你回去，今后不得再来此地骚扰，若敢再来定斩不赦……"

后人有诗曰：

花面狐狸善巧装，狰狞虽盖尾难藏。
一朝失着真颜露，落得满盘全泡汤。

汤家温满脸羞愧，无地自容，只好爬下山崖，强振精神，把个半死不活的汤家馨背上，一步一步地踱着回去了。

汤家馨被惩罚的消息，不久传到镜江。张巫来听到后惊慌不已，立即同巫四一道赶到连江，与汤家温商量对策，谋划报复。两人整整谈了一个上午，听到重伤在家的汤家馨给他们带来一个令人欢欣鼓舞的消息。

根据汤家馨叙述，距连江不远，有个柏峰山，山上有个白猿洞，洞里驻了个仙人叫袁大圣。据说这袁大圣是天上白猿变的，当年在天庭因行为不端，调戏天女，被玉帝罚下人间。玉帝令它在那里修炼千年，如能改邪归正，日后允许再变成人。到现在它已修炼 700 年，已成人样，只是还留一条尾巴未变。据说袁大圣法力无比，它使一条神龙杖，一旦舞起来，天昏地暗无人能敌，山上所有豺狼虎豹都怕它。汤家馨少时在柏峰山住过，与它有较深交往，如能请得此仙人来，定能制服李从龙，可报一箭之仇。于是巫四便给他们出了一个计策，谎称白马山杨家茶叶是神仙所赐，能医百病。长溪县北壁山有一个老男人也长着一个尾巴，饮茶一年，那尾巴便自己掉下。有此茶叶，袁大圣不必再苦苦修行 300 年，只一年便够。用这种方法把袁大圣引来向杨家讨要茶叶，杨家估计不肯给，就可动手去抢，李从龙来帮杨家就趁机将其除掉……

巫四把计谋一说，四个人一齐拍手称好。次日，家馨修书一封，由家温带着，备了一担袁大圣平日最爱吃的桃子、香蕉，家温和巫四两个人轮流挑着直奔柏峰山白猿洞而来。

两人到达白猿洞的这一天，恰逢袁大圣的三个朋友聚会。这三个朋友是：百洞山龟精、东海北壁山蛇精、白鹤岭狐精。汤家温呈上家馨的亲笔信之后，巫四介绍白马山神茶的功能，说得天花乱坠，如能令肌肤变嫩、返老还童、百病回阳，等等。袁大圣一开始一点兴趣都没有，自己已修炼700年，只差300年工夫就可回天庭任职，不愿意再去人间招惹是非。然而巫四巧舌如簧，说白马山有两个如花似玉、倾国倾城的美女，谁能得到真不枉到人间一场……一席话挑起了袁大圣埋藏深处的淫念。他顿时想起，往日在天堂过着枯燥无味的生活，纵然美女如云，但谁敢春心一动便要遭惩罚；不若人间自由自在，可享受卿卿我我、鸳鸯连理的天伦之乐。只要自己能把这累赘尾巴去掉，到人间花花世界去享受荣华富贵，也比天庭任职强得多。再加上蛇、狐两妖在边上添油加醋，袁大圣渐渐动了心，虽然龟精力劝，最终还是答应巫四、家温，愿意陪同他们一行试试。对袁大圣此番一去，有诗曰：

曾犯天条旧罪悬，入凡修炼补心田。
淫思不老又生事，一念之差七百年。

这次上白马山，汤家温是做了充分准备的。他和袁大圣各带了自用武器龙仗和双剑，还召集了由闽国遣散回来的十多名亲兵。他要达到的目标有三个，其一是杀死李从龙为自己和巫来报仇；二是抢夺黄素贞、杨丽二名美女供他和巫四享用；三是杀掉杨一民全家和黄文，全数抢夺白马山茶园、茶叶，把抢来茶叶，一半供袁大圣，一半捐献给闽王，让他恢复自己的官职，然后由巫四招人在白马山继续经营，卖茶赚钱发财。

他带领这一队人马，第一天到达镜江张巫来家。张巫来看到这一队彪悍人马，加上袁大圣有万夫不敌之勇，喜形于色，认为这回终于可以报往日奇耻大辱、深仇大恨了。几个月来，埋在心中的仇恨忧郁一扫而光，当晚便大摆酒宴，为他们接风。席间巫四大肆吹捧袁大圣，说他的武艺举世无人能敌，明日定要叫李从龙跪地求饶，然后把他除掉……酒席至深夜才散，这正是：

癞蛤蟆专做天鹅梦，直待黄金馅饼天上来。

上山胜负结果如何，且听下回分解。

第十回　受诳助逆　猿圣失道
慕美思凡　狐精抢郎

诗曰：

> 本入凡间赎旧愆，淫思未改怎还天。
> 如今一错仙缘断，痛惜空修七百年。

上回说到连江汤家温带领人马进军白马山，当晚先在镜江张巫来家大排酒宴，欢乐了一夜。第二天一早，一队人浩浩荡荡直朝白马山进发，中午时分，到达杨一民家附近山下。巫四吩咐众人留下，由他带领埋伏林中等待接应，汤家温和袁大圣先行上去。

这时，李从龙刚从山上劳作回来，远远看见汤家温带领一个道士模样的人朝他走来，感到异常奇怪。走近一看，此人三分像人七分像鬼，道士衣冠背后隆起一团异物，不知何故。便责问汤家温道："上次跟你讲过，不要再来白马山打扰，今天你为何又来了？"这时袁大圣近前，作了一个揖，说道："壮士在上，是贫道有求而来，与汤将军无关。"他接着说道："贫道深居柏峰山，修炼多年，身上有疾。今闻说白马山上有神茶能医此疾，故请汤将军带路前来，望能赐给神茶，不胜万幸！"从龙问道："未知大师身上何疾，需用此茶？"袁大圣说："此疾是本家生来就有，不便告诉别人的。"从龙又问："大圣怎知此处茶叶能医身上顽疾？"袁不觉漏口说了一句："曾听说北壁山有医好此疾先例……"从龙顿时明白。说话间，素贞、杨丽刚好从门内走出，袁大圣两眼直勾勾地看着她们发呆。从龙瞥见，呸了一声："看来大圣尘心不老，花念尚存，切不可再让七百年修炼毁于一旦啊！"因从龙此前他曾听岚静说过白猿精留尾巴的故事，也曾听说有人瞎传北壁山人生尾巴用茶医好的事。袁大圣见从龙把他老底一锅端了出来，羞愧得无地自容，随即横眉怒目大喝一声："休得多言，我且问你一句，我今屈尊上门求你，你茶叶给或不给？"从龙发笑道："给又怎么样，不给又怎么样？"袁大圣把神杖一横说："你给了，一切平安好商量；敢不给，就送你回老家！"说着，一杖朝从龙劈下来，从龙忙用双剑架住。这样两个就大打起来，从杨一民家门口一直打到山头上，斗了二百多回合不分胜负。见他们打得正热，巫四从林下独自上来，招手叫汤家温，两人一起直奔山上，看到正在修剪茶树的黄素贞和杨丽，喜出望外，走近欲动手时，杨丽大喊一声："从龙哥，强盗抢人啊——"从龙远远听见，心中一震，手中慢了半拍，被袁大圣神杖一击，双剑脱手，飞向空中，分别落下两处百丈悬崖。袁大圣大声发笑："赶快下跪投降吧，可以免你一死。"冷不防从龙发来一飞镖，大圣略有迟疑，从旁一闪，飞镖从耳边擦过，碰了耳沿，鲜血直流。袁大圣大怒道："你这小子讨死，贫道本想饶你一命，谁知你竟敢用暗器伤人，送你归阴去也！"遂抢起神杖，直朝从龙劈下。从龙纵身一跳，跳下约三十丈悬崖，在一块青石上站定，接着又一跳，再一跳，跳到崖底，从两处捡起双剑，沿着小路重新登上山来。

这一边，汤家温和巫四正笑嘻嘻地分别走近黄素贞和杨丽。汤家温对素贞说："小妹妹，快跟我们去享福吧，不要在这茶山受苦。"巫四对杨丽说："你从龙哥已经掉到悬崖下面去了，不能再来救你了，还是跟我们走吧！"说着伸手便去拖杨丽时，忽听一声大喝："淫徒休得无礼！"只见杨树梅一跃，跳到杨丽面前，举剑直取巫四。汤家温不知好歹，却跑过来拦住，对树梅说："姑娘长得真美呀，何必在此山中受苦，日晒雨淋的，不如跟我们到闽王府中享福去吧。"他欺辱杨树梅是女流，便和巫四二人左右围住树梅缠斗。树梅毫无惧色，只两个回合便一剑先把巫四的左臂劈了。汤家温见势不妙，正欲逃离，树梅赶上，从背后插入一剑，穿透臀部直至大腿，鲜血淋漓，汤家温栽头倒下。

对此两淫徒的受罚，有诗讥之曰：

> 潭中两只癞蛤蟆，幻想天鹅想到家。
> 鹅味未尝先吃剑，呼爹叫奶满山爬。

原来这帮歹徒上山时，留下的十几个人伏在林中，声音嘈杂，树梅在洞外习武，听后感到奇怪，立即报与山风。山风看有大队人马在此埋伏，说明敌人已真的动手了，恐怕从龙有失，吩咐树梅带上倚天剑直奔杨一民家中协助。她到达时，正逢汤、巫二人欲去抓杨丽、黄素贞。树梅挥剑砍倒此两人，听杨丽说从龙在跟一妖道斗，便直奔山头。这时从龙已捡回双剑赶到，两人一前一后围住袁大圣缠斗。袁大圣举着神杖前遮后挡，只有招架之功，并无还枪之力，渐渐抵挡不住，欲脱身逃离。这时，树梅挥起倚天剑当啷一声，竟把那个千年神杖劈成两截。袁大圣大惊失色，没了武器，只好跪地求饶。

从龙说："你这个畜生，在天庭因淫念犯了错，玉皇饶了你性命，罚你到凡间修行改正，谁知你淫心不死，竟与恶人为伍，助纣为虐，欺压良善。本该一剑让你一了百了，但考虑到你七百年来还算老老实实修行，只是一念之差上了贼船，为了让你永远记住教训，今后好好修行，特令你痛一回，你既然要医身上顽疾，现在就替你医好了。"举剑在他背上一割，只见那条尾巴断了下来，鲜血沾满全身。袁大圣痛不欲生，顿时倒地连续打滚。

埋伏在林中的那些小喽啰们，看到主人们个个被打伤打残，一哄而作鸟兽散，大部分径自逃离回家。几个汤家温的亲信，赶上来把袁大圣、汤家温和巫四各自搀扶着回镜江张巫来家；袁大圣和汤家温因路途较远，巫来便雇人帮抬了回去。

诗曰：

腹满淫思外巧装，狰狞虽盖尾难藏。
只因行恶真颜露，今日全盘尽泡汤。

　　大获全胜的当天晚上，正逢中秋佳节，一轮明月从东海升起，白马山清光如水，万籁俱寂，正是人间情侣欢会时刻。李从龙和黄素贞、黄文和杨树梅两对情侣，各自提琴执剑登上山头，对月弹琴，吟诗舞剑。首先由杨树梅弹奏琵琶，黄素贞开唱，她吟上一首李商隐的绝句：

　　　　云母屏风烛影深，长河渐落晓星沉。
　　　　嫦娥应悔偷灵药，碧海青天夜夜心。

　　声音委婉动人，大家拍手叫好，接着她又吟唱了一首自己写的绝句：

　　　　星光如水看天河，今日人间欢乐多。
　　　　可叹姮娥偷宝药，黄金岁月尽蹉跎。

　　针对末句，李从龙深有所感，他借用最后一句，在前面加上三句，形成另一首：

　　　　手持宝剑看天河，今日人间愁苦多。
　　　　深恨此生逢乱世，黄金岁月尽蹉跎。

　　黄文听后，改了前三句，亦和上一首，最后一句，只改了一个字：

　　　　一轮圆月伴银河，但愿人间世代和。
　　　　四海兴隆天下治，黄金岁月不蹉跎。

杨树梅听后，百感交集，凭着自己胸中气概，一气呵成一首，也改了前三句，但用了最后一句：

> 我今举剑问姮娥，何日能将妖鬼罗。
> 清扫乾坤天下治，黄金岁月不蹉跎。

这时，山风道人从远远听到他们琴声和歌声，看到四个年轻人，两对鸳鸯情侣对诗，十分高兴，也加进来，为年轻人补上一首。她改了前三句，最后一句保留原意，但也改了字：

> 群英举剑斩妖魔，清扫乾坤天下和。
> 神药扬威百病治，人间从此尽欢歌。

山风一想，黄文到山头时间不长，她要让树梅与之相配，究竟其底蕴如何，需测试一下，于是她给黄文出了一个对子：

> 立白马顶峰，满目山川收眼底。

黄文不暇思索，立即对上：

> 窥银河深处，通天星月逐心流。

杨树梅对下一望，也配上一联：

> 看闽川大地，万家忧乐满心头。

山风又出一首：

　　长居默默深山，喜爱风清月白。

黄文立即对上：

　　不羡花花世界，远离酒绿灯红。

杨树梅也答上一联：

　　厌倦熙熙尘世，不图位贵门高。

山风叫黄文出一联，给树梅对，黄文出：

　　持纬地锋毫，专画人间春色。

树梅对上：

　　掌倚天宝剑，尽诛世上不平。

　　山风听后，异常满意，大家尽兴而归。

　　再说当日袁大圣被割了尾巴，抬回洞里后，日夜疼痛，哀号不断，惊动了附近猿洞大小猿猴，纷纷前来探望。不久这消息传到四面八方。这一天，宁川白鹤岭狐狸精，连江百洞山龟精，东海北壁山蛇精、蜘蛛精、蝙蝠精等众妖怪得知消息，纷纷前来柏峰山看望。

张巫来在由巫四抬回家后，知道阴谋计划已经失败，独臂的他也忍痛叫人抬了来。人怪一集，都谈论白马山的事。袁大圣和张巫来咬牙切齿，恨不能马上把李从龙这一伙人生吞活剥，集会者纷纷提出要报仇雪恨。唯独百洞山龟精抱有不同看法，它说："我们都已苦苦修炼千年，很快将成正果，红尘中的争斗，本不该去管。我上次跟你们讲你们不听，以致造成今天的后果，令袁大圣七百年之功毁于一旦。如果玉帝知道必定还会加大惩罚。为今之计，我劝你们还是人人坚守门庭，扫除尘念，远离功利是非，辞别一切凡间纠缠，对往日恩怨一刀两断，一笔勾销……"它话尚未说完，东海北壁山蛇精马上站出来反对，它说："你大概感到自身干净未受其辱，可以大道躺平。实不知别人身上切肤之痛。我的亲妹妹，上次在栖云潭无缘无故挨了李从龙一箭，失去左眼，幸好逃得快，否则就丧身他手下了，至今在家天天啼哭，叫我一定替她报此一箭之仇，我能袖手旁观吗？"巫来听后，感到机会来了，顿时兴奋起来，立即凑过去说道："古人云，大仇不报非君子，你们都是即将登天的仙人，却对付不了一个凡夫俗子，岂不被诸神耻笑？对一个至交好友所受屈辱岂能无动于衷？"袁大圣受挫回来，这几天不但身上痛，心里更痛，本来在悔恨自己不该受汤家馨之诱骗以致七百年修行毁于一旦。现在听了他们这番话，思想又起涟漪，反过来一想，觉得李从龙着实太坏，自己得手时原想饶他性命，不想他却致自己于如此地步，一股仇恨又涌上心头，他伏地一跪说："袁某受此奇耻大辱，心中积恨难消，生不如死，希望众兄弟姐妹念在往日情谊上，出手替我报仇雪恨，则来世做牛做马也将报答诸位矣！"

众人急忙将他扶起。大家争论了大半天，但由于观点不一致，究竟此仇恨该不该报、怎么报等，拿不出具体方案，于是决定下次再议。

巫来来时，叫家人挑了一担山珍海味和一坛三年陈酿，当下就请大家饱餐一顿。整个讨论过程，唯独白鹤岭狐精一言不发。

那白鹤岭狐狸精心中早有另一番图谋。她修炼千年，可以变为人形。如今闻说白马仙茶能够延年益寿，治病强身，极想试一试；又闻说该处有李从龙和黄文两个美男子，她又想近水楼台先得月，于是她想出一个窃取仙茶和虏获美男子的主意，这样她既能得道成仙又可享受人间荣华富贵。

回洞第三天，她化成美女，备上一担厚礼，来到杨一民家。一进门看见苏娟，谎说她是宁川人，家母病危几个月，泄泻不止，特来求医问药。苏娟热情地接待了她，问明病情后给她开了两服神茶配的药，并教了蒸煮方法。中午便留她在家用餐。这一天，因李从龙在山风处学练，只有黄文兄妹和杨丽在。她一看黄文兄妹，赞不绝口，随即问了他们的婚配情况。苏娟告诉她，二人都已由山风道人指婚，黄素贞丈夫是李从龙，黄文定配杨树梅。她听后虽有些失落，心存妒忌，但却不露声色，绝口称赞配得好；另外暗中观察神茶储存处。饭后，她表面告辞离开杨家，暗中却变成一只小鸟躲在邻近树上观察。

直到晚上杨树梅和李从龙来杨家相会，她看清了杨树梅模样，才悄悄离去。

又过两天，她来时带了一个小狐狸，自己先变一只松鼠，躲在杨家附近树上。因李从龙和树梅依旧在山风处学习，黄文兄妹和杨丽在山上采药，她便钻到杨家，把先前准备好的一袋假茶放下，把仙茶全数偷走，叫小狐狸先背回白鹤岭。她自己则变成杨树梅的样子跑到山上，找到黄文，骗他说师父山风道人叫他也去参加学习，让他跟自己一起去。黄文不知有诈，一同走了一段路，发觉方向不对，要回头。这时，她附到黄文嘴边一吹，黄文顿时觉得天昏地暗，昏迷了，被他搀扶着，一路拖到白鹤岭洞中。

当天傍晚，李从龙回到杨家，黄素贞却不见哥哥回来，便问李从龙。从龙感到奇怪，说："山风今天根本未叫黄文去学习。"素贞却说："我明明看见杨树梅来带他去的。"从龙说："我一整天都跟树梅在一起，哪有她来带黄文的事？"这时，全家人都慌了起来，便分头四处寻找。找遍整个山头山谷，哪有黄文的影子。

不久，山风、杨树梅也闻讯赶到，杨树梅噙着泪水，不解究竟是何方妖怪竟假冒她来骗走黄文。

山风分析后认为，此案件八九成与前数日的张巫来、汤家温以及袁大圣有关。杨树梅决定只身前去寻夫，山风便叫她扮成男身并由李从龙伴她一起去。

此一去，有分教：

百洞山中，龟仙赴正义。

白鹤岭前，狐妖绝尘缘。

欲知后事如何，且听下回分解。

第十一回　救难郎　三仙侠同行
抢仇俘　两妖魔互斗

诗曰：

> 大千世界走西东，爱美争妍人物同。
> 倘若纵邪行祸害，举头三尺不相容。

上回说到黄文失踪，李从龙和杨树梅决定假装成商贩前往镜江张巫来家探访消息。到达镜江找到张巫来家时天色已晚，从龙叫树梅伏在门外接应，他一跃便跳到张家院屋顶上。他扒开一个瓦片朝下看，只见张巫来、巫四二人正在大厅中议论报仇的事。

张巫来向巫四介绍了柏峰山群妖讨论的情况。他说大伙虽然都想报仇，但意见不一致。东海北壁山蛇精最坚决；袁大圣因尾巴被从龙所割，整天疼痛难当，生不如死，讲话都困难，自然不可能再有所动作了；白鹤岭狐精虽也赞成报仇，但会上一言未发，亦未拿出任何行动方案；百洞山龟精更极力主张此事应当罢休，他说千年修炼来之不易，若触犯天条则前功尽弃。两人说了大半天，根本未提及一句黄文的事，足可说明此事与他们无关。从龙想，既然到此地了，应当留下个警告让他们今后收敛些。临走时，"嗖"的一声向大厅发了一镖。此镖正钉在中堂壁上，张巫来、巫四被吓得魂飞胆裂，赶紧往桌子底下躲避。约过了一个时辰，见没有动静方才爬出。叫人取下飞镖，见镖上带着一条绢子，上面有几个字：

"再作恶，立杀不赦！"

二人看后，心凉了半截，犹自庆幸，刚才并没有说到参与报仇计划，否则今晚即命丧黄泉矣。从此后这二人死心塌地在家自守，再也不敢想去白马山报仇的事了。

从龙与树梅讨论了一会儿，认为能化成美女来骗黄文的，那肯定不是人，必然是妖怪作祟。要弄清此事必须先去百洞山走一遭，因为龟精还是比较知理识时的，他也许能提供一些信息。于是二人立即赶往连江，在天黑前找到百洞山龟精洞。两人见到龟精时，龟精一眼就认出杨树梅是女身，便问："你姐弟来此何事？"树梅一阵惊慌，二人立即朝龟精下拜，尊称其为"仙长"，向他请教黄文被骗之事，说不知何方神怪化为树梅形状来骗走黄文。龟精听了，笑了笑，屈指一算，对他二人说："我已猜到八九分，天机不可泄露，看起来我必须跟你们一起走一遭。"从龙、树梅听后喜出望外，再三朝拜，感谢仙长帮助之恩。

于是二人便在龟精带领下朝宁川白鹤岭走来。

整整走了一天一夜，到达白鹤岭找到狐精洞时，天已大亮。龟精前去叩门，狐精一开门，看见龟精带了两个人来，一阵惊慌，对他们的来意自然已猜到八九分，但还是故作镇定地问："仙长来此何事，为何竟带他们来？"龟精笑了笑:"我是带他们来喝喜酒的。"狐精被惊得满面羞惭,一时说不出话来。

原来,当日狐精把黄文背回山洞,黄文醒来后,不见山风和从龙,而住处也根本不是山风山洞,感到不解,便问是怎么一回事。狐精骗他说:"山风道长今日要接待远方几位仙人,叫我先来这里伴你住一两天,然后再搬回去。"黄文此时已是百思莫解,半信半疑。到了晚上,狐精却摆了一桌宴席,并拿出一壶酒,请黄文一起对酌。席间挤眉弄眼,妖姿媚态,要与黄文亲热。黄文心中暗想,树梅平日端庄严肃,说话都很谨慎,与眼前此女简直天差地别;他再联想到此处环境及她的一切表现,疑窦顿开,心里终于明白,她肯定不是树梅,便予以坚决拒绝。妖狐再三好言相劝亦无济于事。一连两天,黄文坚决绝食,滴水不进,狐妖急得坐立不安,正无计可施不知如何是好时,龟精等三人找上门来了。

看到狐精困窘之状,龟精心里自然百分之百地明白了,便开口笑道:"汝办了这么大喜事,怎么不请我来喝喜酒?请把你的如意郎君请出来,和我们见一面吧,这不,他家里人找来了⋯⋯"

狐精这时已经羞愧万状,恨不得找个地缝钻进去,半晌无言以对。龟精便继续对她说:"汝我都已经修炼千年,即将修成正果,来之不易啊,切不可像袁大圣那样,尘心不死,犯天条再被打回原处。你现在已经走到悬崖边上了,再错一步就碎骨粉身!我今天特地不远数百里前来,是为挽救汝而来啊!好在这两天汝虽犯了错,但并未伤害对方，还未到不可救药、不可收拾的地步，请听我的劝，立即把黄文交还给他家人，并道歉谢罪，现在回头还不晚啊！"

本来狐精在黄文坚决不从，并绝食婉拒的时候，她已经骑虎难下，进退维谷，深怕黄文饿死她罪责难辞，说不定还要像袁大圣一样要被玉帝惩罚，千年修炼毁于一旦。龟精找上门来，算是给自己借梯下楼找了一条出路，于是她便立即跪下向三人赔礼谢罪。她含着泪水，叙述了自己的错误做法："仙长在上，小狐一时鬼迷心窍，尘心不死，犯了大错，求你们高抬贵手给予宽恕，愿将我千年炼成的仙丹，救活黄文公子以赎前罪。"说着便跑回洞里背出极度昏迷的黄文，将仙丹喂其服下。不一会儿，黄文渐渐醒来，睁开双眼的一刻，杨树梅立即上前将其拥入怀中，他却开口说："感谢师兄救我！"从龙一笑说："你睁眼看看是谁？"

黄文再认真一看，抱他的"男人"竟是树梅，便凄然泪下。那狐精见此状即化成原形，跪地啼哭，请求他们免罪。黄文一看，不禁吓得魂不附体，满身大汗，自己险些儿与狐狸相配！

这时，龟精拍手大笑说："现在你们兄弟重会，夫妻团聚，我的使命完成了，你们各自归家去吧。"并对狐精说："你虽犯了错，幸好一片慈心尚存，未对黄文加害，于今完璧归赵，至少他们不致抱怨于你，我今带你去玉帝面前代你陈述，力求免你罪责。"于是狐精又回洞去，把所偷得的茶叶全数奉还。

龟精用手一指,天边飘来一朵白云,便告别他们,带上狐精登云飘然而去。

诗曰:

欲谋佳偶欲当仙,触犯天条罪已悬。

幸好临崖知勒马,不教跌落再千年。

且说那东海北壁山蛇精,眼看集体行动不可能了,便决定自家动手。他叫来相邻山洞的蝙蝠精和百丈崖蜘蛛精一起商议,认为就凭他三人功力足以制服李从龙、杨树梅,不必再去烦劳他人。于是,决定三人一同去白马山行事,一来为袁大圣和妹妹报仇雪恨,二来乘机夺取仙茶供自己补神养寿。她的计划分成两步。

第一步,由蝙蝠、蜘蛛两精扮成美女,以求药医病为名先往白马山探访,查清神茶藏处,将其偷窃到手。第二步,神茶被偷,李从龙肯定会来寻找,到时将其制服,夺取双剑。然后再去围攻杨树梅,将他们一并杀害。

计划好的第二天,蝙蝠、蜘蛛二精装成两个十五六岁的美女,自称是东海北壁山的,以问药为名,来到白马山杨一民家。苏娟接待她俩,并给开了药。杨丽看见两个和自己年岁相仿的女孩可以做伴,十分高兴,便带她们山前山后到处游玩。游玩间,蜘蛛精忽然问起李从龙。杨丽答了一句"已去师父家学习",随即感到奇怪,便反问她:"你怎么知道李从龙?"蜘蛛精一时语塞,便说:"听人说你这里有一个英雄叫李从龙,武功十分了得。"杨丽顿时想起狐精的事，对这两个陌生人警惕起来。此后，她俩再问什么事，杨丽都答非所问，指东说西。

两怪告别回去当天晚上，便来杨家偷窃茶叶，用一包假茶置换了真茶。由于前次狐精偷茶的教训，苏娟早把茶叶的大部分都藏到山风洞里，家里只留小部分。蛇精根据杨家茶园规模，不相信茶叶只有这么一点点，认为茶叶肯定藏在别处。

此后几天，白马山附近不少看病的群众前来反映，苏娟开出去的茶叶配制药物吃了不见效果，治不好病。苏娟经过认真检查，果然发现药茶全是假的。李从龙、杨树梅提出要去追查那两个妖怪，山风说："不用，你们在家好好地等，她们肯定还会自己找上门来的。"

那蛇精一直认为丢了茶叶，李从龙肯定会来北壁山找，可一连等了好几天却不见来。于是她决定主动出击，叫来蝙蝠精、蜘蛛精，兵分两路，叫两精怪去杨一民家偷取李从龙的双剑，她自己则去寻找"师父住处"，盗取仙茶。

这一天李从龙日间劳作辛苦，晚上蒙头大睡，四更天时，忽听楼顶响动，睁眼一看，屋顶被扒开一个洞口。他一阵紧张，再一看双剑不见了，便立即追出屋外，忽见一个黑团团怪物从屋顶上飞出，他随即飞起一镖，那怪物"哎呀"一声跌落下来，在地上打滚。他再发一镖，那怪物又惨叫一声，丢下双剑朝林中逃去。从龙飞步近前，正要捡剑时，冷不防被一张丝网网住，动弹不得。这时出现一个少女，她笑嘻嘻地近前捡起双剑，却把网拉紧拖着，尽管从龙大声吆喝，她不予理会。拖了一段路，她回头对李从龙说："美郎君，不要回去了，跟我去享福吧！"从龙本想从怀中取镖，无奈双手及全身被捆紧，动弹不得。

再说那蛇精漫山遍野地找了大半天，终于找到山风洞口。但不知道是什么洞，只见大门紧闭，费尽力气撬也撬不开。没办法，只好回头去看看那两怪是否得手。走了一半路，看见蜘蛛精正网着李从龙拖向前来，她大喜过望，要蜘蛛精把从龙交给她。蜘蛛精不肯，说："这是我的猎物，理当归我，你若要，自己去找一个吧。"蛇精说："这是我妹妹大仇人，我妹妹被他伤了一只眼睛，日夜啼哭，我必须将他交给我妹妹，把他碎尸万段方解她胸中之恨，你抓他去干什么，难道想……"蜘蛛精笑道："是的，这事你管不了，你如想要，那里还有一个美男子（指黄文），现成的，你自己去抓来就是了，何必在这里跟我抢？"蛇精大怒说："你怎么见利忘义，不讲道理，背负友情，今天这个人我必须要，你给也得给，不给也得给。"蜘蛛精说："我今天就不给，你要怎么样？"论平日，蜘蛛精是怕蛇精的，但她今日自仗手中握有从龙的双剑，不再怕她。那蛇精便来抢夺，蜘蛛精提起双剑和她大打起来，两个不相上下，一直斗了300回合分不出胜负。

当夜，山风和杨树梅在洞中睡觉。四更时刻，忽听门外有撬门声，正感到奇怪，杨树梅起床，忽见20年前见过的那只小白兔又出现了。它直奔床前，双脚跪地，朝她落泪。树梅立即禀告山风。山风说可能李从龙有难，把倚天剑交给她，叫她赶紧去救。那小白兔在前面带路，她跟着走过一个山头，远远望见那两个精怪正在大斗。被捆的从龙看见树梅来大叫一声："快来救我。"树梅飞速走近，举起倚天剑，只一剑那丝网便散了。蛇精丢下蜘蛛精，化成一大头怪物，张开血盆大口朝树梅冲过来。从龙立即朝她飞出一镖，正中它右眼，该物遂现出原形，竟是一条三丈多的长蛇，直朝山下林中逃走了。

那蜘蛛精看到这个情景，知道自己不是这二人对手，而且又得罪了蛇精，回头已不可能，便近前朝树梅、从龙双膝跪地，泪流满面，双手捧上双剑说："小妖不识天地、不知好歹、不分皂白，跟着蛇精前来作恶，冒犯公子，实罪该万死，望公子、大姐念我一时之错，给予宽恕，我从今一定改恶从善。"树梅不予理采，正举剑要杀她时，山风赶到，予以制止，说道："此怪千年修炼不易，一时被蛇精蛊惑犯了错，幸好她及时醒悟，对从龙不但没有伤害，而在关键时保护了他，亦有功于我们。"从龙从她手中收回双剑，对她拦住蛇精相救，亦表感谢，亲自将她扶了起来。

蜘蛛精向他们告别时，再三表示此后坚决改恶从善，决不再跟蛇精去干伤天害理之事，并跑向林中找到那个受伤的蝙蝠精，扶着她一起离开白马山，回到自己百丈崖山洞去了。诗曰：

能饶人处且饶人，独对豺狼休讲仁。
牢记当年东郭事，空怀慈善反伤身。

山风对他们说："对这批妖怪应当区别对待，像狐精、蜘蛛精这类都是修炼千年的精怪，本质上不一定害人，还有像龟精一类有时还会帮助人，只有个别像蛇精一类才是坏的，我们对待他们应当加以区别，本质坏的必须除掉，只要能改恶从善的就尽量给予宽恕，增加好人队伍。俗语说，'冤家宜解不宜结'，希望你们今后切记。"

这正是：

狭路相逢休树敌，能饶人处莫招仇。

欲知后事如何，且听下回分解。

第十二回　结茶缘　诗仙吟白马
　　　　　斩蛇孽　英侠还终南

诗曰：

　　雪乳香浮感众仙，曾临白马结茶缘。
　　当年莫教八闽乱，英杰何须往北迁。

　　上回说到蛇精受伤逃走，李从龙从蜘蛛精手中收回双剑后，白马山一度平静。又过了三个多月，时近年关，这一天中午，杨一民、苏娟正在家里浇灌菜园，忽然门口来了一个老者，衣冠褴褛，进来就躺倒在门边。苏娟走近一看，此人面黄肌瘦，似乎有重病在身，并已昏厥，便叫来杨一民将其扶起，给他灌了一碗茶水。老者渐渐苏醒起来，但不讲话，用手在肚子和嘴边比画着，似乎要吃饭。苏娟便取出家里已煮好的饭菜让他先吃。谁知他一拿到饭碗便狼吞虎咽起来，吃了一碗又一碗，直到把三个人的午饭全部吃完，才两手合十表示感谢。老者吃完饭，便辞别朝山中走了。走了半晌，杨一民才发觉他的袋子没带走，走过去提起来一看，满袋子都是银子，足足有百来两。苏娟要杨一民赶紧追他，杨一民足足跑了五里多路方才追上。杨一民把袋子交还他，老者却坚辞不接，示意要送给杨一民。两人争执了一阵子，这时恰好山风和杨树梅迎面而来。山风见了老者，一阵惊愕，立即跪下说道："青云大师因何到此？弟子有失远迎。"杨一民恍然大悟，也上前跪下说："弟子有眼不识大师，多有怠慢，请予赐罪。"青云哈哈大笑起来，说："何罪之有，看起来你夫妻贫贱不嫌，横财不贪，必是良善正直之辈，值得山风将我手下之神茶传授。"一番言谈之后，青云告诉他三人，今晚有几位仙人要来白马山品茶，要他们做好接待，说完随着一阵清风，忽然不见。

当晚风清月白，山头上寒气袭人。青云大师最先到达，还跟来那一只曾几番出现过的神兔。杨一民一家和山风、杨树梅、李从龙以及黄文兄妹摆好茶席，亦早早坐定。不一会儿，只见西天上飘来一朵白云，冉冉下降。随着一阵玉箫声，一位身着淡青色长袍、长须飘飘的仙人驾云而来，口中唱道：

碧落祥云传玉箫，青莲居士下琼瑶。
今宵白马赏佳茗，乐与诸君共舜尧。

杨一民、苏娟仔细一看，认识这是著名诗仙李太白，立即迎坐。刚坐下，南方上空又飘来一朵白云，随着丝乐声响起，中间飘来一位全身素白装束，腰缠白带的仙人。他姗姗下落，口中唱道：

黄卷青灯育弃孩，生平丑陋乏诗才。

今宵也举涂鸦笔，相伴诸君凑句来。

　　从龙认识这是茶仙陆羽。刚安排坐下，北边又飘来一朵白云，中间站着一个戴着幞头帽，黑面长须，身着白色长袍，手持茶碗的老者，伴着打击乐，唱着：

苍皇授首葬无坟，痛恨阉官罪不分。

尸骨如今何处去，却临白马会诸君。

　　黄文一看知道这是蒙冤授首的诗人卢全，亦热情招呼迎接让座。

　　众仙坐定后，青云大师以主人身份坐下，对大家说："贫道在此山野修炼百年，育得这一名茶，取名'白马甘霖'。此茶生长于此既有山岚又有海雾的特殊环境之中，吸尽山川灵气，日月精华，不但气味清香润人心肺，且能医治人间诸多疾病，有利于益寿延年。今晚特请诸位仙长一起品赏，并请赐诗。"话语刚落，李太白捧碗喝了一口茶，面露喜色，赞不绝口，起来首先开口吟唱：

白马名山将客留，青茶代酒度春秋。

金裘宝马无须换，一饮能销万古愁。

　　李太白唱罢，陆羽茶仙也喝了一口，大加称赞，接着唱：

竟陵城下西江水，曾见朝君暮入台。

不羡黄金抛白玉，愿居山野把茶栽。

轮到卢全大仙，他怀着满腔怨恨，一边饮茶，一边吟唱道：

月蚀还疑甘露天，今临白马作茶仙。

百年难解阉官恨，借剑何时返玉川。

李太白听罢，哈哈大笑说："今晚大家集会，应该好好欢乐才是，但看起来，卢君还在念念不忘当日凡间仇恨，我们既都已成仙，红尘间的事，且不去计较他了。"随即又吟一首：

白马玉泉西子妍，芳津可拍洪崖肩。

卷来绿叶有余兴，教我长吟播九天。

陆羽茶仙沉思一会儿，接着也凑了一首：

青猿叫断绿林西，天降梵音丑陋儿。

为教人间佳茗贵，竟陵桥下雁群啼。

卢全依旧满面怨恨，再吟唱一首：

浮生不及一株松，白马丛山千万重。

难得今朝诸君会，腋间七碗习清风。

看到众仙长都在吟唱，杨树梅、李从龙、黄文也都站起来，分别给诸仙长各吟和一首：

杨树梅对李太白仙长唱：

仙山甘露腹中流，洗去人间万古愁。
白马人家随处有，无须卖马当金裘。

李从龙对着茶仙陆羽也唱一首：

寻芳煮茗有奇才，原是竟陵桥下来。
为着茶经传万世，离宫不把帝君陪。

黄文站起来对着卢仝仙长吟唱一首：

今宵七碗腹中收，始觉人间更自由。
恍惚飘飘如梦蝶，常沉甘露胜封侯。

卢仝一听"甘露"两字，感慨万千，又接着吟一首：

切齿难忘甘露秋，一提甘露引千愁。
今宵清茗如甘露，灌入肠中旧恨浮。

青云道人听罢哈哈大笑，说："四句诗，三句甘露，足见卢君怨恨之深。我说过今晚到此应该尽情欢乐才是，过去凡间事一笔勾销不再提它了。今晚请诸君光临，就是托诸君来评评这白马甘霖茶，建议专为这茶请众位仙长再赋诗一首。我这里排下韵部，每人各抽一个韵，依韵作诗。"

这个建议得到大家一致赞同，于是三个仙人各自依次抽韵。李白抽先韵，他略一思索便吟唱道：

喜临白马结茶缘，不厌红尘枉作仙。
若似今宵琼浆醉，愿留此地不回天。

陆羽抽佳韵，随后也吟唱一首：

醍醐灌顶笔生花，兰芷香盈满座夸。
若得朝朝开玉液，愿临白马筑新家。

卢全最后抽尤韵，此时他也满怀轻松地唱了一首：

一杯解却生平醉，顿觉身轻化万愁。
忘罢添丁甘露事，麒麟草伴度春秋。

当晚众仙一直唱到月落鸡鸣，方才兴尽而归。

第二天上午，李从龙正与山风、树梅在演练秘籍中的新剑法，忽然杨丽来报，说有两位身材魁梧却是客商装束的人，自称李的好友，特从千里之外来找他。李从龙一时想不开究竟是什么人，跟着杨丽来到杨一民家，认真一看，竟是豸寨山一年前相聚的李欣章、陈定国，赶快接入让座侍茶，经过一阵长谈才知道是怎么一回事。

去年李从龙南下时，曾在豸寨山与林、陈二人相聚，并相约他找到师姑后会返回山中，与林、陈二人一起聚义，遇到明君一同前往投奔。但李从龙走后，他二人一直没有等到消息；后来传说他派去与李同行的小头目胡奈住黑店时被害，李从龙杀了店主后不知去向；再后来又有人传说李已在白马山找到师姑，并在杨家落脚，在那里生产"白马甘霖"名茶；还传说该茶能够医治百病，并能益寿延年，他二人那时就有投奔白马山寻找李从龙之意。

而此前后，盘踞越地的钱镠已建立吴越国，被封为吴越王。他知道李欣章、陈定国两人武艺出众，为扩充势力特派使者到豸寨山招安。林、陈两人了解到当时吴越国由于钱镠的励精图治，得到人民拥护，在境内大力开垦良田，兴修水利，一片欣欣向荣，百姓生活安定，认为遇到一代明主，于是便接受招安，带领众兄弟前往投奔。

他两人进入吴越国，即被授于神勇将军之职，便向钱镠推荐了李从龙。钱镠曾听说过李从龙武艺出众，也听说过白马名茶能够延年益寿，林、陈与李从龙亲如兄弟，机会难得，就派他两人化装成商贩，带重金前来，希望能请到李从龙，并购到仙茶。

李从龙当下盛情款待了这二位知心朋友，对投奔吴越国的事，他认为需要与师姑山风详细讨论后再决定，所以当时没答应。山风此前有规定，她的住处不能带任何人去，所以李从龙推托说师姑云游在外未回，便带他二人在杨一民家住下，在白马山上上下下游玩了三日，并请杨一民夫妇将现有茶叶，分出相当一部分供他两人带回吴越国敬献给钱镠国王，投奔的事待师姑回来商议后再定。

客人走后，李从龙与山风讨论了投奔吴越国的事。山风认为，吴越国王钱镠出生在一个打渔人家，出身卑贱，因相貌丑，出生时曾被其父弃于井中，后由其祖母捡回，故曾被人称为"婆留"。长大后贩卖私盐，从盐贩子进而当了一方皇帝，因国力弱曾先后依附于唐、梁诸朝。此人虽然建国后因大力发展生产、兴修水利等为子民所拥护，国家一度欣欣向荣，但由于其目光短浅，胸怀狭窄，只宜于偏安一隅，不可能成为一代明君，不宜前往投奔。

由于山风的反对，从龙只好作罢。

且说那东海北壁白花蛇精，前次来白马山，右眼被李从龙射中一镖，现出原形后逃回北壁，经过这些天静养后疼痛减了许多，只不过该眼已半瞎。她妹妹大青蛇在栖云潭中箭后也只剩左眼。姐妹二人一提起李从龙便咬牙切齿，恨不能生啖其肉，发誓要报仇。而她那一帮人中，袁大圣、蝙蝠精已受伤不能动作，龟精、狐精、蜘蛛精发誓不再管凡间事，而她二人根本不是从龙、树梅的对手，势单力薄，真是呼天天不应，叫地地不灵。一连寻思几天，无计可施。一天，由于疼痛难当，姐妹二人突然怒从心头起，恶向胆边生，竟动起放毒害民的恶念来。白花蛇对妹妹说："既然他们害我们痛苦一生，让我们过这生不如死的日子，不如拿出我等倾家本领与他拼一拼。"白花蛇修炼近千年，大青蛇也有 500 年，体内贮藏的毒液都还在，她认为凭这些毒汁足够把他们一班人全数毒死！

诗曰：

竟为私愤害生灵，触犯天条罪不醒。

本性凶残无救药，修行千载尽归零。

　　这一天，白马山上出现两个前来采药的年轻女子，上下山中跑了一天，但人们却看不到她们的药篓里有多少药草。而每到有泉水的地方，她俩便要停下来喝水。小羊倌苏杰一连几次看见，感到奇怪，便跑到杨一民家说起此事。这一天，黄文兄妹和李从龙都在山风山洞练武，直到晚饭后才回来。他们到家后却发现杨家并没有煮晚饭，杨一民、苏娟、杨丽三人都躺在床上呻吟，又看到整个白马山山村上下家家户户都传出哀号声，人人都叫肚痛，有的还呕吐腹泻。杨树梅急忙跑回去告诉山风，山风过来一看，认为这是中了蛇毒，又听杨一民说小苏杰看见过的奇事，顿时明白，立即回山洞取出 10 年前采集仙茶所配制的驱毒丸，先给杨一民、苏娟和杨丽服下，后又分户发给邻近群众。杨丽见效最快，不一会儿便呕吐出了毒物，肚痛停止，而杨一民、苏娟一直病到第二天早上，从肠道排出毒物后剧痛才停止，但还有小痛难解。

　　且说那两个妖孽当晚并没有回去，而是躲在山上看放毒效果。第二天早上，她看到山村群众到处啼号，而杨一民一家却十分安静，李从龙、杨树梅和黄文兄妹依然进进出出，毫无病害的样子，感到十分奇怪。于是她二个又跑到杨一民家泉水洞边，继续喷吐毒液。不想被小羊倌看到，他飞跑到杨家告诉李从龙，从龙紧急吩咐不要用水。他和杨树梅各持宝剑赶到山上，发现两妖孽还在放毒。李从龙大喝一声："妖孽看剑。"大青蛇先现出原形，张开血盆大口朝他直奔而来。从龙挥舞双剑，先将大青蛇两颗毒牙砍断。大青蛇见势不妙回头逃跑，从龙发出一镖正中它的左眼，此蛇双眼完全失明，看不见路一直乱窜，从悬崖上一层层跌落，一直跌到海里，遍体鳞伤，饱了鱼腹。

那白花蛇见妹妹受伤，愤怒至极，立即将口中所有毒液一齐向李从龙、杨树梅喷去。两人眼睛中毒，一时睁不开，那蛇即张开血盆大口，要将他们吞下去，关键时刻山风赶到，她接过杨树梅手中的倚天剑，大喝一声："妖孽不得猖狂！"念动咒语，只出一剑便将蛇头断下。

诗曰：

> 枉修千载毒如盘，为报私仇走极端。
> 一欲吞人身首异，一残坠海作鱼餐。

杀了两个孽畜，消息一下传遍白马山附近四乡八里。人众纷纷前来观看，他们看到那一条长三丈多，身大如桶的白花蛇，倒卧在山涧边，被砍的头上大口还长着两根可怕的毒牙，形状凶恶，无不心惊肉跳。大家都赞扬山风师徒为民除害，焚香点烛，燃放鞭炮，庆祝除妖胜利。

白马山村中毒的有 30 多人，被毒害致死的主要是年老力弱者，共有五人，其余中毒者在山风驱毒草和杨一民药茶的医治下，经过五六天治疗，先后都恢复了元气。

时值天成三年，即戊子年元月元宵佳节，山风道人在杨一民家为黄文、杨树梅和李从龙、黄素贞两对新人举办了隆重的新婚庆典，山上山下许多乡村民众纷纷前来祝贺。宴席正举行时，忽报山下闽王府来了一队官兵，大家正惊惶不知何事，那为首的两位将官走近，李从龙一眼认出正是陈飞、林跃。他们带着闽王王延钧钧旨，第二次来到白马山。到现场后，二人立即朝李从龙跪拜并呈上一张大红任命书，任命李从龙为殿前大将军，请他即日赴任。

原来白马山近来发生的许多事情，都有人报与闽王府，王延钧一一都知悉。汤家温原先想请李从龙去闽王府为自己立功未成，上山扰乱反受了伤，恼羞成怒，转而便委托人向闽王进谗，大力贬海李从龙，此举都被陈飞、林跃识破揭穿。王延钧此时刚杀兄自立，急于请李从龙这样人物出山帮助。这次特地又派陈飞、林跃二人前来，一是请李从龙，二是听说白马山茶叶能够修心养性、延年益寿，便令附带重金，购买神茶供自己服用。

李从龙知道这次无法再拒绝推辞了，与山风商议后决定先来个缓兵之计，即暂时先答应下来。他跟陈飞、林跃二人说，目前新婚期间，请他二位先回去答复闽王，待他度过新婚，二月春暖花开时节带家眷一并前来投奔；并从杨一民那里取了一部分茶叶，让二人先带回去奉给闽王，作为进见之礼。

陈飞、林跃见李从龙已经答应，第二天便欢欢喜喜地带着队伍回去了。

山风告诉他们，闽国内部自从王审知过世后，他几个儿子之间，各自争权，早已乱成一团，将来互相残杀和亡国是迟早的事，那里是绝对不能去的；而白马山属于闽国地界,在他属地内不去应招,未来也是绝对度不下去的。当晚她思虑再三,辗转难眠,恍惚间一阵风把自己吹到一片山野之地,只见远远走来两个人,前面走的是青云大师,后面一个认真一看,大吃一惊,竟是她朝思暮想30多年未见的天易子。青云大师哈哈大笑数声,说道:"你们这一对青梅竹马今天终于相见了,有事好好谈吧,我先回避回避。"说罢,跟着飘来一朵白云,登上去便驾云走了。

天易子唤山风在一块青石上坐下说:"我一生只想能为人世做点事,只奈生不逢时,年少时约你一同入闽,以及后来托付李从龙来闽,都只为辅助王审知成就一番事业。然而王审知不幸早逝,他身后这些儿子实在不成器,他们兄弟之间不同心,互相残杀和争强好胜,闽国灭亡是迟早的事,绝对不能让徒儿们去投奔。但这个白马山又属于他的地界,你们在这里是不可能再住下去了,因此我建议你还是立即带从龙、树梅和他们那些配偶迅速离开此地,重回北方,目前北方已经安定,你们重回太乙山去隐居修炼。待中原有明主时再去辅佐……"

山风听罢,泪如雨下,正待说话时,只见青云大师在云头招手。天易子依依不舍,只得告别山风,登云而去。山风正想挽住天易子的手,突然跌下山崖……一觉醒来,竟是一梦。

第二天起来和从龙说及此事,从龙说当晚他也梦见师父天易子,师父也劝他回终南山……

师徒竟同一梦!当下山风感到事不宜迟,便立即召集树梅、黄文兄妹等一起商讨，大家一致认为，原来在这里种茶是依神仙指引造福众生，当下形势生变，再想在此地继续长驻完全不可能了。现在闽国盛情来请，若拒绝他绝不会善罢甘休，今后一切很难预料，总之此地是决不可再留了！

在决定离开后，李从龙便给陈飞、林跃留下一封信：

陈飞、林跃仁兄：

　　从龙与兄长虽萍水相逢，交谊深厚，多蒙兄长器重，向闽王推荐，本欲立奔闽国，与兄长共事明主，创立一番事业，然从龙自入闽以来，有违师训，沿途妄开杀戒，诛杀了不少是非之辈。昨晚先师托梦给予指责，说我已触犯天条，大祸即将降临，并令我等迅速离开此地，重回北方。思忖再三，我感到实在不宜前往闽国就任，有负闽王及两兄一番盛意，望兄长代我向闽王致歉谢罪。无比伤心之际，只能祈望来生之年，能与兄长重聚！

李从龙手笔　戊子年元月

从龙将此信交给杨一民夫妇，待陈飞再次来时交给他，并要求杨一民准备好茶叶，来时贡献给闽王。

一切交代停当，山风结束了白马山20多年生活，依依不舍地关闭了日夜相伴的青云山洞。为不惊动当地群众，对外只说外出云游，第二天她便带领众人离别白马山，与从龙、树梅和黄文兄妹共五个人，雇了一条小船，取道长溪然后北上，直奔终南山而去。

过了一段时间，当地许多群众因不见李从龙和黄文兄妹，便去询问杨一民夫妇，杨便拿出山风临别写下的一首诗，诗曰：

痛别山盟三五年，孤舟搏浪入南川。
途多绝壁难登岸，生不逢时未补天。
斩虎擒妖清世道，锄奸惩恶解民悬。
奈何白马是非地，今领徒儿还北迁。

他们看后，无不叹息。

尾 声

李从龙等走后，当年二月，闽王见李从龙未来，又叫陈飞、林跃第三次上白马山邀请。杨一民夫妇将从龙的信交给他。陈飞看后，知道此人之志不可强，便带了茶叶回去回复了闽王，此事就罢了。

杨一民一家继续经营茶园，几年后将小羊倌苏杰招为女婿，与杨丽成婚。

此后不久，闽国陷入不断内斗：

长兴二年（931年），王延钧杀了与自己一起杀兄夺权的王延禀（王审知养子）。

长兴四年（933年）王延钧称帝，改年号为龙启元年。

清泰二年（935年）王延钧被长子王继鹏谋杀。

天福四年（939年）和天福九年（944年）又连续发生兵变，王氏家族遭到大清洗。

天福八年（943年）王延政在建州自立为帝。

开运二年（945年）城被南唐攻破投降。

开运三年（946年）福州部分王审知子孙依附吴越国，长溪、宁德、连江一带并入吴越国版图。

闽东归入吴越国后，李欣章、陈定国又来白马山访李从龙，见李已走，找到杨一民一家人，便劝说杨一民迁居吴越。杨一民、苏娟看到闽国内乱频繁，感到此地不宜居住，便迁居吴越国，并将白马山茶树全部移植迁入吴越国继续生产。

白马山茶树移居吴越国后，便销声匿迹，吴、越、江、浙、钱塘一带都没有此类记载。著名的西湖龙井茶则产于宋代，与此并无爪葛。究其原因，我们认为是自然条件改变所致。原生长于千米白马山的茶树，赖于天然山岚、海雾滋养，移植平原丘陵后，水土不服，自然逐渐失去原有优秀品质，终被人们所舍弃淘汰。而在它的祖居地白马山，极少量自然遗留下来的茶树，此后仍断断续续不时出现过有关"神茶"的记录。

南宋理学家朱熹，因仰慕白马山名茶曾携带学子到白马山登峰览胜，品味茶香，留下"朱溪官道"的蛛丝马迹。

南宋宁德县主簿陆游，曾为赏名茶登白马山观海、吟诗论道。

白马山与象溪山交汇处，有一"借宝龙潭"，民间一直流传着一首民谣："龙潭一仙草，乃是世上宝，偶尔看得见，只是摘不到。"人们传说这棵仙草就是野茶树，是道教仙师在白马山修炼时所植。在19世纪中叶，一英国商人听闻后专程来此寻觅古茶，并拍下一张照片。然而，次年春，人们到此想采摘时却不见踪影。

此外，清乾隆年间县志还记录了一个"人间坤母"的故事。

进入 21 世纪的 2009 年，黄氏一群后裔慕名来到白马山筇竹坪黄岳故里神庙，询问创业事，据说是因当夜梦中受先人指点，便集资在此地办起了白马山茶叶公司，经过 10 余年经营，目前已开垦茶园 3000 多亩，创造了名扬全国的白马山有机茶。

后　记

滚滚天湖水，巍巍白马山。

千年流不尽，万代轶闻传。

在白马山茶叶公司诸多先生、女士们大力协助下，历经半年努力，这部 12 回、7 万多字传奇小说终于面世了！

白马山是我毕生难以忘怀的地方，也可以说是我的第二故乡。1960 年冬，正值国家处于三年自然灾害最严重时期，党提出"大办粮食"的方针。为发展木本油料作物，省林业厅派人在白马山一带勘察，发现这里漫山遍野长有许多天然油茶树，就决定在这里创办油茶场，发展木本油料的生产。我从机关里下放到这里，前后住了三年时间。

油茶场最兴盛时，有 200 多个工人，大多是从当时白马山附近的飞鸾、三都两个区（公社）调来的农民工（1962年后，也有部分从机关、工厂里下放的工人、干部 20 多人）。这批人一般年龄在 20 岁到 40 岁，最大的 70 来岁，最小的也有十五六岁。我与他们日夜相处，听到不少关于白马山的历史传说和许多流传千年的神仙故事，这些在宁德本地的历史记载中大部分都找不到。于是我当时就有个想法，把它们记录下来传给后代。

1963 年，国家方针转变，油茶场下马，大部分工人被遣散回农村，只留下 20 来人，合并到飞鸾林场，我也随之到飞鸾蒲岭，又生活了二年。1965 年回到机关工作。

我到白马山油茶场那一天是 1961 年 1 月 4 日。我从城关坐车到飞鸾，然后从蒲岭走了 20 华里山路，由筼竹坪经过前山、高忠洋，到达沃里。因国家正处于三年自然灾害最严重时期，一路上田园荒芜，草长得比人还高，路上没有行人，不时有狐鼠出没。

我当时曾写过一首《白马山度荒年》歌，此歌在"文革"中被毁，我只记得其中第一段是这样写的：

> 白马山前度荒年，白雾茫茫不见天。
> 村村同时闹饥馑，家家户户断炊烟。
> 路逢俱是黄瘦汉，浮肿瘟神到处缠。
> 蔓草蓬蒿封道路，山猫野兔占田园。
> 四邻只听妇婴哭，百里不闻鸡犬喧。
> ……

我刚到油茶场的时候，面黄肌瘦，骨瘦如柴，同时身上带着肺病、胃痛，不久又双腿浮肿，连走路都很困难。当时许多人背地里都暗暗议论，说我活不长久了。可我当时并不考虑这些话，忍着极大痛苦，坚持到工人中，每天跟着他们上山，同吃同住同劳动，日出而作，日落而息，就这样在那里坚持下来。

　　1961年春贯彻党"全党动员、全民动手，大办农业、大办粮食"号召后，局面很快得到扭转，整个白马山村前村后、房前屋后，凡有空地的地方都被农民见缝插针，种起了番菇、南瓜、蔬菜等作物，只半年时间，饥荒就被克服，再也没人饿死了。而我不久浮肿消退，胃病也好了，1963年到飞鸢蒲岭后去检查时肺病病灶也全部硬结了。这是一个奇迹！当我再回到原来机关的时候，人们都说我肥头大耳、腿圆颈粗，差不多成了另一个人。其实这三年中，我从未吃过一粒药品，可以说是白马山的山川灵气、水土精华滋养医治了我的病，给了我第二次生命！

　　2021年，当我再一次到白马山一带探访时，原来的工人朋友们再也找不到，不是归天入土，就是大病缠身，个别活着的人，大多也耳聋眼瞎、卧床不起了。

　　20世纪60年代初，面临灾荒，当时最基本的要求是填饱肚子，其他的都顾不上。那时茶叶没人要，所以油茶场只顾油粮作物，在开发开垦和种植油茶时，就把原有土地上其他树种包括茶树全部砍光，连根都挖掉，甚为可惜。

　　白马山由于它特殊的地理位置，又是面临海湾处的千米高山，这里生产的茶叶既有海雾的滋润，又能享受到高山山岚的滋养，自古就传说能够为人医治疾病，益寿延年。近年在这里成立的白马山茶叶公司又采用现代科技方法育茶，使用太阳灯灭虫，有机肥施肥种植，杜绝化肥农药，这里的茶叶自属地地道道的有机茶，质量自然"勇冠三军"，别地与它无可伦比了。

　　书中的英雄人物和神仙故事，都是我 60 多年前在白马山与广大农民工、村民共同生活中听到的，这些故事历史上并没有记载，而是广大人民群众一代一代传下来的，时间是否真实无从查考，但从这些人物身上我们可以看到中华民族的传统美德，他们的忠平正直、疾恶如仇、孝义仁爱、财色不贪等等，都值得我们褒扬。

　　本书从 2022 年初开笔，历时近六个月，其间得到蔡作发、黄喜君、黄燕珍、吴玉萍等同志大力协助，特表感谢！

　　全国政协委员、宁德时代新能源公司董事长曾毓群先生、副董事长黄世霖先生，在百忙中为本书写了序言，增添了无限光彩；中华诗词学会理事陈银珠女士、香港佛教影视文化传播公司总经理王昌盛先生亦为本书做了许多有益指正，深表感谢！

　　在本书即将脱稿之际，蒙白马山茶叶公司邀请，重上白马山一览，看到巍巍白马、滔滔东海，比今追昔，无限感慨，特书《喝火令》一首：

　　　千载群英会，遗踪白马丘，滔滔天海任东流。
　　　静忆悠悠魂梦，借笔写春秋。
　　　龙凤新儿女，遨翔遍五洲，长空比翼显无俦。
　　　喜见归来，喜见锦衣裘，喜见故园春色，万里胜封侯。

作者　2022 年 6 月 29 日

书中主要人物介绍

天易子（李政）	终南山道士
李从龙	原李大财家牧童，后为天易徒弟
山风道人	原名岚静，李政女友
杨树梅	山风养女
黄 文	书生，后为杨树梅配偶
黄素贞	黄文妹，后为李从龙配偶
杨一民	白马山茶农
苏 娟	杨一民妻
杨 丽	杨一民女
陈 飞	闽王府将领
林 跃	闽王府将领
李欣章	原豸寨山"绿林豪杰"，后为吴越国将军
陈定国	原豸寨山"绿林豪杰"，后为吴越国将军
胡 奈	豸寨山小头目
杨大振	黄文姑丈
刘 芹	卖唱女，后为陈飞妻
李大财	李从龙原东家，李家庄财主
苏 杰	小羊倌
翁 莲	船家翁老二女，后为林跃妻
翁老二	船家
刘月儿	黑店女店主

（续表）

黑长儿	黑店小二
王纵风	王家村恶霸
王十一指	王纵风堂弟，狗腿管家
王六苟	王纵风堂弟，十一指弟、王家武师
猴 七	渔民赌头
猴 九	猴七弟弟
独眼龙	渔户赌棍
兰 静	天静庵主持
毛 熊	李政、岚静原师弟
刁 三	地霸、无赖
张巫四	张巫来家奴，号称小诸葛
张巫真	张巫来妹妹，绰号母夜叉
张巫古	张家奴才
汤家温	闽王府将军
汤家馨	汤家温堂弟
袁大圣	柏峰山猿精
龟 精	百洞山龟精
狐 精	白鹤岭狐狸精
蝙蝠精	北壁山蝙蝠精
蜘蛛精	百丈崖蜘蛛精
白花蛇精	东海北壁山大蛇精
青蛇精	东海北壁山小蛇精

年份对照列表

公元	朝代帝号	干支	主要事项	主要人物年龄
857	大中十一年	丁丑	青云登仙	
862	咸通三年	壬午	王审知出生	
872	咸通十三年	壬辰	天易子李政生	
873	咸通十四年	癸巳	岚静（静丹、山风）生	
893	景福二年	癸丑	王审知攻下福州静丹入闽杀毛熊，居尼庵	21岁
898	光化元年	戊午	尼庵被焚，静丹长街卖艺	26岁
900	光化三年	庚申	杨树梅生	
901	天复元年	辛酉	静丹打虎入白马山	29岁
902	天复二年	壬戌	黄文生	
906	天祐三年	丙寅	李从龙生，静丹入仙屋	34岁
907	天祐四年	丁卯	朱温篡唐称帝	
909-10	开平三年	己巳	黄岳投潭	
910	开平四年	庚午	黄素贞生	
918	贞明四年	戊寅	李从龙从师天易子	13岁
925	同光三年	乙酉	王审知逝王延翰立	
926	天成元年	丙戌	李从龙南下王延钧杀兄延翰	21岁

公元	朝代帝号	干支	主要事项	主要人物年龄
927	天成二年	丁亥	李从龙入闽天静庵立碑	22 岁
928	天成三年	戊子	从龙、树梅两对结婚，返回终南山	23 岁
931	长兴二年	辛卯	王延钧灭王延禀（王审知义子）	
932	长兴三年三月	壬辰	钱镠卒，钱元瓘袭位	
933	长兴四年（龙启元年）	癸巳	王延钧称帝	
935	清泰二年	乙未	王延钧被长子王继鹏杀，又杀死叔叔王延武	
939	天福四年	戊戌	闽国的近卫部队将领连重遇和朱文进发动兵变，王继鹏被杀	
944	天福九年	甲辰	连重遇和朱文进再次发动兵变，对福州的王氏家族进行大清洗。朱文进自立为帝	
945	开运二年	乙巳	南唐攻克建州，王延政城破投降	
946	开运三年	丙午	闽国福州部分依附吴越国，杨家茶树北迁	

附录：白马山的前世今生

　　充满传奇故事的白马山，地处北纬 26.3°，屹立在福建东南世界著名良港宁德三都澳畔，是国家级森林公园，森林复盖率 80%，主峰 1003 米。白马山峻峭入云，如天马昂首，奋蹄长嘶，云雾蒙蒙，宛若仙境，自古号称东南沿海第一峰，有着闽东自然山水名胜之美誉。

　　登白马山顶，遥望海澳，三都港千万余座海上浮城迤逦于千倾碧波之上；近观群山，九龙盘转蜿蜒回环似群龙起舞直上山巅。高山与海洋相畔，海雾与山雾交融，仙风

习习，清爽舒适，让人神往。颇具规模的道教圣地三清道观，倚白马顶峰独守孤城，悬崖万丈。

在海拔 800 米深处，山体呈莲花形，坡谷平缓，林木苍翠，土壤肥沃，雨量充沛，光照适中，气候宜人。上天赐给了神奇白马山不可多得的自然生态环境。唐宋以后，"茶"故事屡见于史书记载和民间传说。

古时候，白马山中散落着许多自然生长的茶树，因其味道带些苦涩，人们把它叫作茶，认为是苦菜一类。后来发现它不仅能够生津提神，而且能够防治疾病，有人开始种植。

残唐五代闽国建立前后，有不愿出仕当官的哲人侠士在此地居隐，并种植茶叶医病救人。其间最有名的是博通典籍、忠贞爱国的忠烈王黄岳，他的故里就在白马山筼竹坪村。他辞官归里后，带着家人在宅邸周围开垦茶园，种茶、制茶、品茶、斗茶，以茶会友。有一年，山村瘟疫肆虐，百姓苦不欲生，黄岳发动众人上山采摘野茶鲜叶，用

甘洌清澈的山泉，烹煮出浓郁苦涩的茶水，走村串户，供百姓饮用。数十日后，奇迹出现，全村瘟疫悄然消失。从此，村民把这茶称为"黄岳仙茗"。

《宁德县志》还记载了一则"人间坤母"以茶治病的故事。乾隆初年，白马山村夫张叔琳妻子张氏，40岁时生了一场大病，留下厌食症，每日三餐不进，只吃少许糕点，以水充饥。传说她得到"神人"指点，上山结草为庐，三餐用高山泉水沏野茶为饮。几年后，不仅宿疾痊愈，身心健康，而且精神矍铄，容貌年轻，村民称为"活神仙"。传言一出，宁德知县周天福特地前去探望，挥笔题写"人间坤母"四字赠送。此后，周天福为保护野茶树，发动村人大面积栽培，形成了大茶树群落，并制成"坤母茶"。

这方山水与茶有缘，故事层出不穷。相传白马山有一"借宝龙潭"，在瀑布旁的百丈岩半腰有棵"仙草"，时隐时现。据说这棵仙草就是野茶树，是道教仙师在白马山修炼时所植。19世纪中叶，一位英国商人听闻后专程到此寻觅茶树，并拍下一张照片。次年春，有人去采摘不见踪影，来春却又出现。人们把它称之龙潭仙草。这则故事记载在1992年福建人民出版社出版的《三都澳风光》一书中。1958年，考古学者在白马山麓碗窑村古窑遗址，发掘出唐宋时期品茶、斗茶的茶具——黑釉兔毫盏，它与白马山茶马古道、朱熹官道和三都港海上茶路一起，印证了白马山的千年茶缘。

白马山的自然生态和千年茶韵，为地方政府和创业者发展茶产业打下了基础。1969—1978年，宁德国营茶场在

白马山上建立高标准万亩茶园，生产菜茶、梅占、福鼎大毫、福鼎大白、福安大白、四季春等优良品种，成为当时宁德县茶叶生产骨干基地。进入 21 世纪，白马山茶产业迈进一个崭新的发展期。2010 年，宁德市白马山茶叶有限公司诞生，创建了 3670 亩高标准现代有机茶庄园，建设了 9600 平方米加工厂房，成为一家集茶叶种植、加工、科研、销售、出口及传播茶文化为一体的国家高新技术企业。

白马山的前世今生，让我们深刻领会了"青山绿水就是金山银山"的道理！

政协宁德市蕉城区委员会原秘书长　蔡作发

2022 年 7 月 9 日